다시 만나요
엄마

KB059816

다시 만나요
엄마

권민자 수녀 지음

이 시대 부모들에게 전하는

권민자 수녀의 위로와 격려

세종

사람이 가야 할 길을 삶으로 알려준
우리 어머니의 이야기를 나눠드립니다

이 세상을 살아가면서 우리는 원치 않는 무거운 짐을 질 때가 있습니다. 예를 들면 결혼을 했는데 아기가 태어나지 않는 경우라든지, 아기가 장애아로 태어나는 경우엔 참으로 받아들이기 힘들고 많은 어려움을 겪습니다. 또한 가족이 함께 잘 살다가 갑자기 아이나 배우자가 교통사고나 병으로 인해 일찍 세상을 떠났을 때도 하늘이 무너지는 슬픔을 느낍니다. 이러한 십자가는 하느님의 은총이 없이는 극복하기 매우 어렵습니다. 예수님께서는 이렇게 큰 십자가를 마주했을 때 당신께로 오라고 말씀하십니다. 우리 어머니께서 그러하였듯이 예수님으로부터 은총을 받아야 이 모든 어려움과 아픔들이 사라져 안식을 얻고 평화와 기쁨을 누리게 됩니다.

저는 8남매 중 넷째이자 둘째 딸입니다. 제가 하느님께 온전히 전 생애를 바치게 된 것은 어머니의 삶과 신앙 덕분입니다.

수도자로서 50년 넘게 살아왔고, 2013년부터는 천주교 의정부교구 '예수마음선교수녀회' 소속으로 '문산 예수마음 피정의 집'에서 예수마음기도 영성수련 피정을 지도하고 있습니다. 예수마음기도는 전인격적으로 하느님께 기도드리며 하느님께서 주시는 기쁨과 평화, 사랑이 넘치는 영적인 생활을 하게 하는 기도입니다. 저는 이 예수마음기도를 26년째 지도하면서 제 어머니와 같이 따뜻한 마음을 지니신 분들로부터 많은 후원을 받아 가난한 이웃에게 하느님의 사랑을 전할 수 있었습니다. 그동안 후원해 주신 감사한 분들께 보답하고 싶다는 마음과 자녀를 키우는 부모들에게 아이가 성장할 때 어떻게 돌봐야 하는지 조금이나마 도움을 드리고자 하는 마음으로 우리 어머니의 일화를 책으로 엮었습니다.

저는 이 책을 쓰기 위해 형제자매의 기억 속에 남아있는 어머니의 이야기를 한 조각, 한 조각씩 모았습니다. 그 이야기를 모으다 보니 어느새 오색찬란한 한 여인의 이야기가 나왔습니다.

우리 어머니 윤옥섭(베로니카)은 어떤 사람이었을까요? 그분은 충북 충주시 상모면, 작은 마을에서 일꾼이 셋이나 되고 온갖 과일나무가 가득한 부유한 남원 윤씨 집안의 맏딸로 무엇 하나 부족함 없이 온 집안 식구들의 사랑을 듬뿍 받으며 자랐다고 합니다.

어머니와 동갑인 아버지 권혁풍(아우구스티노)은 5남매 중 셋째로 태어났습니다. 두 분이 혼인했을 때 아버지는 18세이셨고 경성사범학교 재학 중이었다고 합니다. 아버지가 학교 교사로 발령이 난 후, 어머니는 쉽지 않았던 시집살이를 하던 대가족에서 분가했습니다.

아버지는 어머니가 성당에서 세례를 받으시고 얼마 되지 않으셨을 무렵에 자녀 8남매만 남겨두고 나이 40세에 하늘나라로 가셨습니다. 대학을 다니던 첫째 딸, 고등학교에 다니던 첫째 아들, 중학교에 다니던 둘째 아들과 둘째 딸인 저까지도 학업을 중단해야만 하는 상황이었습니다. 무엇보다 아직 4명의 어린 동생들을 돌보아야 하는 현실을 받아들여야 했습니다.

1950년대 우리나라는 모두가 몹시 가난하게 살던 시기였습니다. 어머니는 이렇게 곤궁하던 시절에 남편까지 잃는 아픔을 겪으셨고 생계도 곤란해졌지만 그저 하느님께서 잘 돌보아 주실 것이라는 믿음만으로 험난한 삶을 시작했습니다. 어머니는 이 큰 십자가를 자녀에게 넘기지 않았습니다. 오히려 자녀가 겪는 고통을 이해해 주고 함께 마음 아파했으며, 자녀들도 예수님의 가르침대로 영적으로 살도록 이끌어 주셨습니다. 어머니는 예수님같이 부드럽고 너그러웠으며 인내

심으로 자녀들을 돌보셨습니다. 자녀에게 금욕적인 생활을 하도록 강요하지 않았고, 아무리 큰 잘못을 해도 질책하거나 벌을 주거나 욕하지 않았습니다. 그뿐만 아니라 어려움을 겪는 이웃들을 사랑으로 돌보며 그들에게 힘과 용기를 줌으로써 하느님께로 이끌어 주셨습니다.

어머니는 목숨(영혼)이 음식보다 소중하다고 하신 성경말씀을 되새기면서 100년밖에 살지 못하는 이 세상에서의 부귀영화나 출세, 명예, 권력 등에 매달리지 않고 주어진 십자가를 기꺼이 지고 가시는 믿음생활을 시작했습니다.

어린아이들에게 엄마와 아빠는 이 세상에서 가장 크고 절대적인 존재입니다. 엄마와 아빠를 통해 아이들은 세상을 알게 되고 인간관계를 어떻게 맺어야 하는지를 배우게 됩니다. 그만큼 부모는 아이의 삶에 가장 큰 영향을 끼치는 존재입니다. 아이가 부모로부터 온전히 존중받고 사랑받는 체험을 했다면 아이는 그 사랑으로 성장하여 사랑을 이 세상에 전할 것입니다. 그렇게 되면 세상의 많은 폭력이 사라지고 친구들을 따돌리며 괴롭히는 일도 없어지겠지요. 어머니로부터 받은 사랑의 체험과 어머니가 삶에서 보여주셨던 많은 가르침은 제 삶에 큰 영향을 주었습니다. 특히 저를 비롯한 모든 어린아이들에게 보여준 어머니의 크신 사랑과 보살핌은 많은 부모에게 타인뿐 아니라 자신을 사랑하는 건강하고 자존감 높은 자녀로 성장할 수 있도록 보듬어 주는 법을 알려줄 것입니다.

차례

6장 마지막까지 아름다웠던 어머니

제 기억 속의
어머니는

---- 어머니는 저희를 낳으셨지만 소유하지 않으셨습니다.

---- 어머니는 저희를 키우면서도 저희를 지배하지 않으셨습니다.

---- 어머니는 저희를 돌보아주면서도 자신의 공을 과시하지
    않으셨습니다.

---- 어머니는 자녀들에게 효도하라고 하지 않으셨으며 공적인 일에
    충실하도록 권하셨습니다.

---- 어머니는 자녀들에게 세속적인 출세와 성공을 하도록 부추기지
    않으셨습니다.

---- 어머니는 자녀들이 이 세상살이에 자신없어 할 때 희망으로
    인도하셨습니다.

---- 어머니는 자녀들이 남에게 해를 끼치는 일을 하지 않도록
    타이르셨습니다.

---- 어머니는 다른 사람들에게 집안이나 자녀들에 대해 자랑하지
    않으셨습니다.

---- 어머니는 자녀들이 말썽 부릴 때 매를 들지 않으시고
    잘 타이르셨습니다.

---- 어머니는 자녀들이 잘못했을 때 성을 내거나 욕을 하거나
    저주를 하지 않으셨습니다.

---- 어머니는 도덕적으로 잘 살라고 강요하지 않으셨습니다.

1장

그 무거웠던
어머니의 십자가

어머니는
'무거운 짐 진 자 다 내게로 오라'는
예수님의 말씀을 진심으로
믿으며 사셨습니다.

아버지의 갑작스러운 임종

아버지는 5남 3녀를 슬하에 두고 40세에 돌아가셨습니다. 큰딸이 대학교 1학년, 막내아들이 한 살이었습니다. 아버지가 1955년 12월에 돌아가셨는데, 그때 우리나라는 몹시 가난했습니다. 아버지는 3년간 복막염을 앓다가 서울 제기동 샬트르 성바오로수녀회에서 운영하는 작은 성모의원에 입원했습니다. 그리고 얼마 되지 않아서 병원장 수녀님의 지극한 간호를 받으며 편안하게 돌아가셨습니다.

당시 저는 어머니와 함께 아버지의 임종을 지켜보게 되었습니다. 아버지는 마지막으로 어머니에게 이렇게 말했습니다.

"8남매를 낳고 집 한 채도 마련하지 못한 채 전세 빚만 남기고 가려니 걱정이 되어 눈이 감기지 않는구려!" 그러자 어머니는 "걱정하지 마세요. 산 입에 거미줄 치겠습니까? 하느님께서 잘 돌보아 주실 것입니다. 8남매는 제가 잘 돌볼 것이니 평안히 가십시오. 가능하면 빨리 전세 빚부터 갚아 나가겠습니다."라고 아버지에게 말했습니다. 아버지가 숨을 거두시자마자 어머니는 아버지를 위해 연도(연옥에 있는 이를 위하여 하는 기도)를 바치시고 장례를 치렀습니다.

어머니는 졸지에 나이 40에 8남매를 둔 과부가 된 셈입니다. 아버지가 살아 계실 때에는, 교육 공무원이셔서 부유하게 살지는 못해도 아이들을 공부시키고 먹고 사는 데에는 별로 문제가 없었습니다. 어머니도 다른 일은 하지 않고 집안 살림만 했습니다. 하지만 아버지가 돌아가시고 난 후부터 어머니는 자녀들을 먹여 살려야 하기에 광주리 장사를 시작했고, 큰언니는 대학을 다니다 그만두고 어머니를 대신해서 집안일을 맡았습니다. 어머니는 집안 형편 때문에 자녀가 학업을 중단하고 생계에 보탬이 되려 애써야 하는 상황을 누구보다 마음 아파했습니다.

하지만 여러 가지 아픔과 현실적인 어려움에도 불구하고 어머니는 아버지를 일찍 데려가신 하느님께 탄원도 원망의 말씀도 하지 않으셨고 걱정된다고 푸념도 하지 않았습니다. 대신 장례를 치르신 후 그동안 아버지를 돌봐준 수녀님들과 병원에서 근무하는 분들께 감사의 답례를 했습니다. 저는 어머니의 이런 모습에서 모든 근심과 아픔을 다 하느님께 맡기고 하느님의 뜻을 따르는 어머니의 신앙심을 보게 되었습니다. 어떻게 그렇게 담대하게 이 큰 십자가를 지고 가는지 놀라웠습니다.

어머니는 '무거운 짐 진 자 다 내게로 오라'는 예수님의 말씀을 진심으로 믿으며 사셨습니다.

8남매와 함께 세상에 남겨지다

어머니는 아버지가 돌아가신 이후 힘든 상황 속에서도 자녀들을 지극 정성으로 돌보아 주셨습니다. 자녀들의 온갖 어려움을 다 받아 주고 이해해 주었으며 올바르게 인도하셨습니다. 예수님과 같이 부드럽게, 그러나 올바르게 살아갈 수 있도록 현명하게 우리의 애로 사항들을 들어 주고 타이르기도 했습니다. 예수님께서 제자들의 발을 씻어 주셨듯이 어머니는 자녀들의 모든 허물을 덮어주고 용서해 주고 감싸 주셨습니다. 예수님께서 이 세상에 오셔서 병자들, 즉 소외되고, 굶주리고, 죄인 취급받는 분들을 치유해 주시고 하느님의 자녀로 당당하게 살아갈 수 있도록 영원한 생명을 주셨듯이 어머니도 세속적으로 살려고 하는 우리들을 하느님의 자녀로 잘 살 수 있도록 이끌어 주셨습니다.

어머니는 자녀가 이 세상에서 출세하여 권력과 부귀를 누리지 못하는 것에 대해 안타까워하지 않았습니다. 또한 도덕적으로 잘 살아야 한다고 강박적으로 대하지도 않았습니다. 자녀가 자유롭게 행동하도록 두고 잘못된 행동을 했을 때에는 부드럽게 타일러 주셨습니다. 8남매 모두가 어머니에게 야단맞거나 매를 맞거나 욕설을 들어 본 적이 없습니다. 저는 어머니의 이런 사랑을 받으며 우리들 안에 하느님이 주신 고운 마음을 알아차리게 되었습니다. 부모님이 아이들에게 솔선수범하여 올바른 모습을 보여주어야 어린 자녀가 보고 배울 수 있기 때문입니다. 어머니를 생각하면 조용히 웃으시며 자녀와 이웃들에게 늘 정중하게 대하시는 모습이 떠오르며, 이런 어머니를 보내주신 하느님께 마음 깊이 감사드리게 됩니다. 어머니는 40세라는 늦다면 늦은 나이에 세례를 받으셨음에도 불구하고 하느님께 온전히 의탁하며 이 무거운 짐을 지고 걸어가신 것입니다.

2장

우리 8남매가 기억하는
어머니

어머니는 늘 당당하게
당신의 자녀들 편에 서서
권리를 주장하도록
이끌어 주셨습니다.

어머니를 도운 든든한 맏딸, 큰언니

어머니가 먼저 알아준 맏딸의 책임과 희생

명석했던 큰언니는 집안 사정 때문에 대학을 포기해야 했습니다. 그 당시에는 맏딸의 희생을 당연하게 여겼는데 어머니는 외려 그 아픔에 대해 먼저 이야기를 꺼내 언니의 마음을 헤아려 주셨습니다.

"지금 우리 집 사정이 대학 보낼 형편이 안 되는데 공부 잘하는 너의 앞길을 막는 것 같아 미안하구나. 정말 대학 안 가도 괜찮겠니?" 그러자 큰언니가 어머니에게 말했습니다.

"아버지가 돌아가셔서 학비를 낼 수가 없으니 학교를 중단

할 수밖에 없겠지요? 어머니가 더 힘드실 테니 저도 어머니를 돕겠습니다. 동생들이 일곱 명이나 되니 저도 이 아이들을 함께 돌봐 주어야 하지 않겠습니까? 제가 한 살 된 막내와 어린 동생들을 돌보겠습니다. 어머니는 장사를 하셔야 하니 어머니를 도와 집안 살림을 하며 이 난관을 극복하겠습니다."

어머니는 큰언니가 대학을 진학하지 못하는 아픔을 먼저 알아주고, 헤아려 주셨습니다. 그렇기에 큰언니도 기꺼이 집안을 위해서 희생하는 삶을 살았다고 생각합니다.

첫째 딸의 몸살감기

큰언니는 집안일을 하던 어느 날 심한 감기에 걸려서 몸져누웠습니다. 어머니는 소고기를 사다가 큰언니에게 소고기국을 만들어 주셨습니다. "일어나 고기와 함께 끓인 야채 국물을 시원하게 먹으렴. 감기는 잘 먹고 쉬어야 낫는단다. 동생들에게도 이렇게 영양가 있는 음식을 해 주어야 하는데 형편이 되지 않으니 우선 너부터 먹고 병을 이겨내자!"라고 하시며 바쁘신 와중에도 아픈 언니를 극진히 돌보아 주셨습니다.

시장에 나가서 장사하느라 고생하시는 어머니를 대신해, 큰 언니는 집에서 어린 동생들을 돌보랴 집안 살림하랴 무척 애를 많이 썼습니다. 당시 큰언니의 도움이 없었으면 어머니가 자녀들을 두고 시장에 가서 장사를 할 수 없었을 것입니다.

큰언니는 어머니를 도와 집안 살림을 도맡아 하다가 몇 년 후에 결혼을 했습니다. 시집을 간 뒤에야 큰언니는 어머니에게서 받은 사랑이 얼마나 큰 것이었는지를 알게 되었다고 했습니다.

가난하지만 품위 있게 이웃을 대하다

한번은 큰언니가 어머니에게 달려와 이렇게 말했습니다.

"어머니, 옆집 사람들이 우리 집 뒤 터를 반으로 갈라서 반은 자기네 터라고 우겨요!"

이사 온 지 얼마 안 된 옆집 남자가 사전에 아무런 상의도 없이 우리 땅을 차지해 버린 것이었습니다. 어머니는 옆집 남자에게 가서

"차라리 당신이 이 집을 다 가지세요. 그 대신 제가 이 집을 살 때 들어간 돈만 지불하세요. 이익은 안 남아도 좋으니 그렇게 해결합시다."

라고 말했습니다. 그러자 옆집 남자의 부인은 어쩔 줄 몰라 하며 당황해했습니다.

어머니는 이렇게 덧붙이셨습니다.

"당신네가 사전에 아무 말도 없이 남의 집 땅을 함부로 점

령한 것이 과연 올바른 행동이라고 생각하십니까? 살아서 남의 땅을 빼앗으려고 생각하지 말고, 죽어서 들어갈 당신들의 땅이나 장만하세요. 사람의 탈을 쓰고 어떻게 그렇게 행동합니까?"

옆집 부인은 어머니가 조금이라도 양보해 주면 안 되겠냐며 사정을 했습니다. 어머니는 사정하는 그 부인이 딱해 보였는지, 조금 양보하는 선에서 일을 마무리했습니다. 그런데도 그 사건 이후 옆집 사람들은 어머니를 시장에 나가서 장사나 해 먹고 사는 과부라고 무시했다고 합니다.

그러던 어느 날 저녁, 갑자기 옆집 남자가 임종을 앞두게 되어서 옆집 사람들이 우리 어머니를 모시러 찾아왔습니다.

임종을 앞둔 옆집 남자가 어머니에게 말했습니다.

"그동안 사모님의 자녀가 성당에 열심히 다니고 사모님 댁 가정이 우리 동네에서 가장 모범적인 것 같아 성당에 다니고 싶었습니다. 그동안 성당에 다니지는 못했지만, 이제라도 천주교로 귀의하겠습니다."

그 이야기를 들으신 어머니는 성당의 회장님을 임종을 앞둔 옆집 남자의 집으로 모시고 가서 대세(가톨릭 사제를 대신해 예식을 생략하고 세례를 주는 것)를 주도록 부탁하셨습니다. 남자가 세례를 받고 며칠 후에 그 집 부인이 찾아와서는 남편이 돈을 한 푼도 남겨두지 않고 운명해서 이제 정말 어찌하면 좋을지 모르겠다고 하면서 어머니에게 통사정을 했습니다. 어머니는 장사 밑천으로 모아둔 돈을 탈탈 털어 옆집 부인이 남편의 장례를 치르도록 도와주셨습니다. 연령회와 여러 사람들의 도움도 받았습니다. 하지만 간신히 장례를 치를 정도의 도움만을 줄 수 있는 터라 영구차를 불러 묘지까지 실어주기는 했는데, 돈이 모자라 하관을 하고 나서는 영구차가 말도 없이 가 버려 장례식에 참석했던 사람들은 하는 수 없이 모두 걸어서 시외버스를 타고 집으로 돌아왔습니다. 어머니는 옆집 부인 남편의 장례를 성심껏 돕느라 며칠 동안 제대로 걷지도 못할 정도로 다리가 붓고 아파서 매우 고생하셨습니다.

어머니는 장지에 다녀오신 후 온 가족을 불러 놓고 이렇게 말씀하셨습니다.

"내가 화가 났을 때 '살아서 남의 땅을 빼앗을 생각하지 말고 죽어서 들어갈 당신의 땅이나 장만하세요.'라고 했는데 참으로 말을 함부로 해서는 안 되겠다. 어쩌면 그렇게 아무런 준비도 못 하고 세상을 떠났는지… 너무나 참혹한 장례를 치렀구나. 너희들은 살아가는 동안 절대로 욕심을 부리지 마라!"

큰언니는 어머니가 장사할 돈을 몽땅 이웃 장례비로 주시는 바람에 다시 일숫돈을 얻어야 한다고 투덜거리면서도 동생들에게는 "어머니는 참으로 보통 사람들이 생각할 수 없는 일을 하셨어! 용서란 여간 어려운 일이 아닌데 하물며 당신에게 극심한 타격과 고통을 안겨 준 사람을 측은지심으로 대하신 어머니! 아무리 자식 입장에서 보더라도 참으로 위대한 용서인 것 같다."라고 말했습니다. 저와 형제들은 큰언니의 그 말을 가슴 깊이 이해했습니다.

죽음의 모습까지도 어머니를 닮은 큰언니

큰언니는 결혼해서 아이들 넷을 낳고 어머니가 돌아가신 다음 해에 폐암으로 하느님 품으로 떠났습니다. 그때 나이가 아직 창창한 52세였습니다.

큰언니가 돌아가시기 전 폐암 말기 환자로 병원에 입원해 있을 때 동생인 제가 병문안을 하러 갔었습니다.

병원에서 언니를 뵙고 "많이 아프세요?" 하고 물으니 환하게 웃으면서 아무 데도 아프지 않다고 말했습니다. 나중에 옆에 있던 환자분이 저에게 "당신의 언니가 통증이 심할 때는 옆에서 볼 수가 없을 정도로 힘들어했는데 병문안 온 식구들에게는 전혀 아프지 않다고 이야기하는 것을 보고 놀랐습니다."라고 이야기해 주었습니다. 그 이야기를 듣고 저는 주변에 부담을 주지 않으려는 큰언니의 품성이 어머니를 많이 닮았다고 생각했습니다.

큰언니는 자신이 이렇게 일찍 죽는 것에 대해 불평하지도, 억울하다고 이야기하지도 않았습니다. 다만, 죽음을 앞둔 것은 정확하게 알고 있었던 것 같았습니다. 병원에 입원해 있던 큰언니는 어느 날 제게 다시 태어나도 지금 남편과 다시 결혼할 것이라고 말했습니다. 제가 왜 그렇게 생각하냐고 물으니 형부와 함께 보낸 좋은 추억이 너무도 많고, 형부가 언니에게 늘 잘해주었다고 이야기해 주었습니다.

실제로 형부는 큰언니가 폐암 말기로 투병 중일 때 겨자를 사서 물에 개어 자신의 가슴 쪽에 바르고 언니를 꼭 껴안아 주었다고 합니다. 맵고 열을 내는 겨자를 바름으로써 언니의 폐를 따뜻하게 해 주려고 형부 나름대로 배려한 것입니다. 형부가 늘 이렇게 몸소 사랑을 실천했다고 하니 놀라지 않을 수 없었지요. 큰언니가 이 세상을 떠난 후에도 큰언니의 물건을 하나도 치우지 않다가 아들이 새집으로 이사한 후에 겨우 정리했다고 합니다.

우리 가족은 큰언니가 너무 가난한 집에 시집가서 어렵게 사는 것을 보며 '결혼에 실패했다'라고 생각했습니다. 그러나 막상 죽음을 앞둔 큰언니는 형부의 진정한 사랑을 기억하며 다시 만날 것을 확신했습니다. 진정한 사랑은 모든 것을 초월하게 된다는 것을 큰언니 부부를 통해서 알게 되었습니다.

큰오빠가 기억하는 어머니

친척을 다 하느님의 품으로

큰오빠는 어머니를 떠올리며 우리에게 이런 말을 해 주곤 했습니다.

"아버지가 돌아가신 뒤 우리 집 형편이 매우 가난했음에도 명절이면 어머니는 늘 큰아버지 집에 우리를 데리고 가셨지. 가실 때에는 과일가게에서 제일 좋은 과일을 사 가셨어. 어려운 상황에서도 일가 친척과의 교류가 끊어지지 않도록 솔선 수범하신 것이지. 이렇게 친척과의 관계를 돈독히 해 주신 어머니 덕에 우리는 아직도 일가 친척들과 자주 연락하며 지낼 수 있었어. 그렇게 시댁에 자주 가시던 어머니는 결국 친척들을 다 천주교로 인도하여 세례를 받게 했다고 하더구나."

이야기를 잘했지만, 무엇보다 잘 들어주신 어머니

어머니는 머리가 너무나도 좋으셨다고 큰오빠는 회상했습니다.

"어머니는 기억력이 대단하셔서 예전에 읽었던 책의 내용은 물론 지나간 사건을 모두 하나도 틀리지 않게 기억하시기에 많은 분들이 이야기를 들으려고 어머니 곁에 모여들었지. 어머니는 모여든 사람들을 향하여 재미있고 구수하게 이야기를 하셨기에 사람들은 마냥 즐거워했단다."

이러니까 어머니가 계신 곳에는 항상 사람들이 가득 찰 수밖에 없었습니다. 개인적으로 찾아온 어려운 사람들을 성심성의껏 상담해 주셨고, 사람들이 하는 이야기를 들으실 때는 조건 없이 그리고 부담 없이 있는 그대로 경청하는 습관을 지니고 계셨습니다. 상담받으러 온 분들은 자신의 이야기를 경청해 주는 어머니에게 많은 위안을 받았을 뿐만 아니라, 어머니의 지혜로운 조언을 귀담아듣고 올바른 결정을 내렸다고 합니다.

함께 어울리며 사는 삶

어머니가 큰오빠에게 들려준 이야기입니다.

"어느 여인이 시집을 갔단다. 그 집에는 층층으로 하인들이 많이 있었는데 그 집 며느리는 늘 배가 고팠지. 어른들 눈치는 눈치대로 봐야 했고, 하인들까지 만만치 않게 시집살이를 시켰기 때문이란다. 어느 날 하인이 잠을 자는데 엄지발가락이 버선 위로 쑥 빠져나온 것을 보고, 이 며느리는 그 버선을 벗겨 곱게 꿰매어서 주었단다. 그랬더니 그 하인이 너무도 고마워하면서 먹을 것을 슬쩍슬쩍 갖다 주어 며느리는 배고픔을 면하였다고 한다. 이렇게 늘 측은지심으로 좋은 일을 하면 복이 온단다. 그리고 아랫사람들을 무시하거나 함부로 대하면 안 된다. 그 옛날 아무리 커다란 대갓집이라고 할지라도 혼인은 모두 아랫사람의 의견을 거쳤단다. 종들은 종들끼리 만나서 그들이 모시는 웃어른들에게 전하고 웃어른들은 종들이 아뢰는 소리를 듣고 혼인을 결정했지. 결국 우리는 서로 한몸이기 때문에 아랫사람 윗사람 할 것 없이 다 함께 어울려서 세상을 움직이는 거란다."

큰언니와 마찬가지로 큰오빠에게도 아버지가 일찍 돌아가셔서 대학 시험에 합격하고도 다닐 수가 없었던 좌절의 아픔이 있었습니다. 또한 결혼했음에도 자녀 없이 살아야 하는 슬픔과 괴로움도 겪었습니다. 큰오빠는 하느님만을 의지하면서 이 세상을 살아 냈습니다. 그러다가 큰오빠는 68세에 직장암으로 하느님 품에 안겼습니다.

큰오빠가 어머니의 사랑을 통해서 자신에 대한 하느님의 큰 사랑을 체험하는 영적 생활을 하지 않았다면 참으로 절망스러운 상황이었을 것입니다. 이 세상의 것을 뒤로하고 하느님만 신뢰하고 살았기에 어머니처럼 평온하게 이 세상을 떠날 수 있었습니다.

군대 월급을 고스란히 모아온 둘째 오빠

키우던 닭을 잡아, 거지 손님을 대접하다

아버지가 돌아가시기 전인 1952년, 온가족이 관사에서 살 때였습니다. 어머니는 아버지의 월급만으로는 생활하기가 너무나 어려워서, 부업으로 집에서 닭을 키우면서 우리를 키우셨습니다.

그러던 어느 날 집에 거지 한 사람이 찾아왔습니다. 어머니는 그를 반갑게 맞이하며 집 안으로 안내하고는 닭을 잡아서 잘 요리하여 그 거지에게 대접하셨습니다.

거지 손님은 밥을 잘 먹고는 "이렇게 융숭히 대접을 받아

보는 것은 처음입니다. 너무나 감사합니다." 하고 떠났습니다.
둘째 오빠는 어머니가 한 분에게만 이런 사랑을 베푸는 것이
아니라, 가난하고 어려운 이웃들이나 걸인, 물건을 팔러 다니
며 힘겹게 일하시는 분들이 오면 그분들을 마치 예수님이 오
신 것처럼 극진히 대우해 주는 모습을 보고 자랐다고 했습니
다. 어머니는 예수님께서 "내 이웃을 너 자신처럼 사랑하라"
고 하신 말씀을 진심으로 실천하면서 일생을 사신 것입니다.

월급을 모아서 도로 주신 어머니

둘째 오빠가 군대에 가게 되었습니다.

이 시기도 우리 가족이 매우 어렵게 살고 있을 때였습니
다. 둘째 오빠는 군대에서 받은 월급을 꼬박꼬박 어머니에게
갖다드렸습니다. 어머니는 둘째 오빠에게 어떻게 받은 월급
을 하나도 쓰지 않고 가지고 올 수가 있느냐고 물었습니다.
둘째 오빠가 어려운 집안 형편에 조금이라도 보탬이 되고 싶
어서 그렇게 하는 것이라고 말하자, 어머니는 고맙다고 하며
그 돈을 받으셨습니다. 둘째 오빠가 군대를 마치고 집에 돌

아오자, 어머니는 둘째 오빠에게 "그동안 네가 준 돈을 다 저축해 놓았다. 이제 사회인으로 일을 해야 하니 양복 한 벌 사고 네가 그렇게 가지고 싶어 하던 자전거 한 대를 사라."고 하셨습니다. 둘째 오빠는 어머니가 다시 돌려주신 돈으로 양복도 사고 자전거도 살 수 있었습니다. 정말 어렵게 살던 때에 둘째 오빠가 준 적은 월급을 모아서 오빠 자신을 위해 쓰도록 배려하고 돌려주신 것은 참으로 놀라운 어머니의 사랑이었다고 오빠는 말했습니다.

둘째 오빠 역시 아버지가 일찍 돌아가셔서 성장하면서 많은 아픔을 겪었습니다. 그런데도 어머니의 사랑을 바탕으로 신앙생활을 열심히 할 수 있었습니다. 또 사랑하는 사람과 결혼해 자녀 둘을 낳았고, 이 두 아들이 결혼을 하여 손자들까지 낳아 잘 살고 있습니다. 오빠 부부가 서로를 아끼고 사랑하면서 사는 것을 보고 저는 하느님의 크신 사랑을 느낄 수 있었습니다.

수녀로 부르심 받은 둘째 딸, 제 이야기

가난한 반 친구를 돌봐 주신 어머니

저는 어릴 때부터 평소에 어머니가 정성을 다해 길손들을 보살펴 주는 것을 보면서 자랐습니다. 어머니는 물건을 팔러 다니는 상인들의 물건을 팔아주셨고 걸인에게 정성껏 음식 대접을 하셨습니다. 어머니가 이렇게 가난한 분들에게 자선을 베푸시는 것을 보고 저도 어머니에게 한 가지 청을 드렸습니다. 그때는 아버지께서 돌아가시기 전이었습니다. 초등학교 같은 반 친구가 점심 도시락을 싸 오지 않아 굶고 있다는 것을 알게 된 저는 이 친구에 대해 어머니에게 말씀드렸습니다. 저는 어머니에게 그 친구가 가난해서 점심 도시락을 싸서 다니지 않으니 점심시간에 우리 집으로 데리고 와서 함께 밥을 먹으면 안 되냐고 여쭈었습니다. 그러자 어머니는 그렇게 하라고 허락하셨습니다.

그날부터 제 친구는 매일 저의 집으로 와서 점심을 먹기 시작했습니다. 그 이후로 1년 동안 친구는 어머니가 준비해 주신 점심을 먹었습니다. 1년이 지난 어느 날 평소와 다름없이 친구와 함께 점심을 먹으러 집에 왔습니다. 점심을 맛있게 먹고 다시 학교로 돌아가 공부를 하고 집에 돌아왔을 때 어머니가 저를 부르셨습니다. 어머니는 제게 이제는 친구에게 더 이상 점심을 해 줄 수가 없을 것 같다고 조심스레 말하셨습니다. 그 이유를 여쭈어보니 "사실은 너희 아버지가 교육 공무원이지만 식구가 9명이나 되고 보니 좀 힘들어지는구나!" 하셨습니다.

저는 어머니가 기꺼이 그리고 정성껏 밥을 해 주셔서 우리 형편이 넉넉한 줄 알았습니다. 어머니로부터 경제적으로 힘든 사정을 듣고 나서 어머니에게 괜찮다고 말씀드리고 그 친구에게도 솔직하게 이야기를 했습니다. 친구가 어떤 마음일까 걱정이 되면서도 어머니가 1년 동안 잘 돌봐 주셨기에 솔직하게 이야기할 수 있었습니다.

만약에 어머니가 제 친구가 보는 앞에서 불편함을 드러냈다면 저는 그 아이를 집에 더 데리고 오지 못했을 것입니다. 1년 내내 어렵다는 내색을 한 번도 하지 않으시고 친구에게 베풀어 주신 사랑에 대해 마음 깊이 감사드리게 되었습니다. 그리고 저를 불러서 조용하게 우리 집안 사정을 알려 주신 것이 감사했습니다. 그 친구를 돌보아 주실 때는 늘 상냥하셨던 모습을 기억하며 어머니가 어린 저를 대하시는 마음이 가슴 깊이 와 닿았습니다. 남을 도와줄 때도 우리가 할 수 있는 만큼 하는 것이 오히려 좋은 방법이라는 생각도 하게 되었습니다.

자식 둘을 키워준다고 청한 분에게

아버지가 돌아가시고 얼마 되지 않은 어느 날 당시 잘 사는 어떤 부인이 우리 집을 방문했습니다. 그분이 어머니에게 말하길, 남편을 보내고 지금 나이가 마흔인데 어떻게 8남매를 혼자서 다 키울 수 있겠냐며 한 살 된 남자아이(막내아들)와 열네 살 된 여자아이(둘째 딸)를 자신의 가정에 맡기면 잘 키워서 공부도 시키고 시집, 장가도 보내 주겠노라고 입양을 권유했습니다.

하지만 어머니는 그 부인에게

"그런 말씀 하지 마세요. 아이들은 제가 키우겠습니다. 먹어도 같이 먹고 굶어도 같이 굶어야지요. 개나 돼지의 새끼들이나 낳아서 다른 사람들에게 나누어 주지 사람이 어떻게 자기 자식을 낳아서 남에게 줍니까?"라고 말하며 단호하게 그분의 호의를 거절했습니다. 그러고는 "산 입에 거미줄 치겠습니까? 하느님께서는 하늘의 새도 먹여 살리는데 하물며 사람을 굶기시겠어요?"라고 말했습니다.

어머니는 그 당시에 한 식구 더는 것이 어려운 생활에 큰 도움이 된다는 것을 아시면서도 우리를 다른 집에 보내지 않았습니다. 부모가 아닌 분이 경제적으로 도움을 준다고 자식을 부모로부터 떼어 놓으면 그 아이들은 매사에 눈치를

보게 되고 어머니를 그리워하면서 제대로 성장을 못하게 될
것은 뻔한 이치입니다. 그런 상황을 이해하고 기꺼이 어려움
을 택하셨던 어머니의 지혜에 감사드리게 됩니다.

　만약에 저를 그 부인에게 보냈더라면 저는 수녀로 살아갈
수도 없었을 뿐만 아니라 일생 어머니를 원망하면서 살았을

지도 모릅니다. 어머니가 그 모진 어려움을 겪으면서도 우리를 남에게 보내지 않고 희생과 사랑으로 키워 주신 것이 얼마나 감사한 일이고 축복이었는지 잘 알고 있습니다.

떡 장사를 하며 두 아이를 키우는 한 부인이 있었습니다. 아이들이 번갈아 가며 똥을 싸는 바람에 떡을 팔다가도 아이의 똥을 치워야 하는 광경을 본 사람들이 더럽다고 하며 떡을 사 가지 않았습니다. 그래서 어떻게 하면 좋을까 하던 중에 막내를 키워줄 테니 자신에게 보내라는 사람이 있었습니다. 부인은 그 사람에게 보내면 큰아이는 잘 키울 수 있으리라 생각하며 막내를 남에게 보냈답니다.

그러나 그 떡장수 아주머니는 아이를 다른 집에 보내고 나서부터 사는 힘을 잃어버렸는지 항상 슬퍼하면서 우울하게 세월을 보냈습니다. 떡을 팔러 가는 집에서 아이들이 튀어나오는 것을 볼 때마다 자기 아이 생각이 자꾸 나서 미칠 것 같았다고 했습니다. 그 부인은 어머니가 어떻게 자녀를 달라고 하는 유혹을 뿌리치고 사셨는지 너무나도 대단하다고 하며 우리 어머니를 부러워했다고 합니다.

중학교 입학시험에 대한 걱정

제가 중학생으로 올라가기 전의 일입니다. 중학교 입학시험을 앞두고 있었는데 1차 시험에서 떨어지면 교육계에 계신 아버지의 위신도 깎이고 어머니께 실망을 안겨드릴 것 같아서 걱정된다고 어머니께 고민을 말씀드렸습니다. 언니와 오빠들은 공부를 잘해서 늘 상장을 받아오곤 했지만 저는 반에서 중간 정도의 실력밖에 되지 않았기 때문에 더욱 걱정되었습니다.

그러자 어머니는 "괜찮아, 1차 시험에 떨어지면 2차인 중학교에 시험 쳐서 들어가도 괜찮은 거야! 꼭 1차에 합격하려고 애쓰지 마라. 2차 중학교에 들어가서 건강하게 생활하면서 공부 잘하면 되는 거야."라고 격려해 주었습니다. 어머니의 말씀을 듣고 나서는 목포여중에 1차 시험을 치르러 갔을 때 마음이 무척 편했습니다. 그리고 큰 걱정 없이 입학시험을 치렀고 무사히 합격하여 그 학교에 다니게 되었습니다. 어머니는 저뿐만 아니라 8남매 모두에게 단 한 번도 공부를 잘해야 한다거나, 공부해야 성공한다고 말씀하시지 않았습니다. 어머니의 교육 방법은 타고난 재능 그대로 발휘하는 것을 중요하게 생각하는 것이었습니다. 그렇기에 자녀들에게 강압적으로 공부를 하도록 요구하시지 않았습니다. 그런 어머니의 교육 방식 덕분에 자녀들 모두 각자의 능력과 소질을 계발하여 삶을 잘 살아갈 수 있었습니다.

중학교를 계속 다닐 수 없게 됐을 때

아버지는 목포 사범고등학교에 근무하다가 서울 수도여자 사범대학의 교수로 가시게 되었습니다. 그래서 우리 가족 모두 서울로 이사 와야 했습니다. 하지만 서울로 올라와서 자녀들이 전학하기도 전에 아버지가 돌아가셨고, 자연히 형편이 어려워져 우리는 학교에 전학 갈 수 없게 되었습니다. 어머니는 아버지가 돌아가신 것에 대한 슬픔으로 마음이 몹시 아프셨을 텐데도 당신의 아픔은 뒤로하고 우리 8남매의 마음을 어루만져 주셨습니다.

어머니는 저에게 "애야, 내가 너에게 참 미안하다. 아버지가 일찍 돌아가셔서 너를 중학교에 계속 보낼 수가 없게 되었구나. 네가 일찍 태어났거나 더 늦게 태어났더라면 공부를 시킬 수 있었을 텐데 정말로 미안하다."라며 안타까워하셨습니다. 그때 저는 어머니가 저에게 해 주신 이 말씀을 들으면서 '말 한마디로 천 냥 빚을 갚는다'는 속담을 떠올렸습니다. 어머니가 저보다도 더욱 마음 아파하시고 제 감정을 살펴주신 덕분에 제 또래가 책가방을 들고 중학교 학생복을 입고 다니는 것이 부럽지 않았습니다. 오히려 이렇게 자상한 어머니가 계신다는 것이 무엇보다도 저를 안심시켜 주었습니다. 어린아이의 마음을 헤아리면서 당신의 마음을 솔직하게 이야기해 주셨기 때문에 어린 저는 어머니의 사정도 이해할 수 있었고 어머니가 마음 아파하시는 것도 받아들일 수 있었습니다. 게다가 저의 욕심만 고집해서는 안 되는 형편이라는 것도 알게 되었습니다. 그러면서 동시에 어머니와 함께 지내게 된 것만으로도 무척이나 기뻤습니다.

광주리 장사를 시작한 어머니

아버지가 돌아가신 지 얼마 되지 않았을 때부터 어머니는 동대문 시장에서 광주리 장사를 시작했습니다. 아버지가 살아 계실 때 우리 집에 오는 손님들은 거의가 선생님들이었고, 그분들이 올 때마다 어머니의 음식 솜씨를 칭찬하곤 했습니다. 그래서 어머니는 늘 존경받는 분으로만 알고 있었습니다. 그러던 어머니가 광주리 장사를 하는 것이 어린 마음에 몹시 싫고 부끄러웠습니다.

하루는 제가 어머니에게, 대학교수의 부인으로 지내다가 광주리 장사를 하는 것이 부끄럽지 않느냐고 여쭈었습니다. 그러자 어머니는 제게 "애야, 광주리 장사를 하는 것은 떳떳

한 일이고, 도둑질이나 거짓말을 하는 것이 부끄러운 일이란 다."라고 말했습니다. 어린 저는 어머니의 말씀을 듣고 세상의 삶에 대해 좀 더 진지하게 이해하게 되었습니다. 아이들은 아버지가 장관이나 교수, 검사나 의사, 또는 회사 사장쯤 되면 당당하게 뽐내고 자랑합니다.

저는 어머니의 말씀을 듣고 그동안 제가 잘못 생각했다는 것을 깨닫고, 어머니가 광주리 장사를 하는 것에 대한 부끄러움을 떨쳐 버릴 수 있었습니다. 그래서 그 후로는 어머니를 따라 시장에 나가서 장사를 도와 드리기도 했습니다.

어머니의 올바른 가르침 덕분에 저는 수치스럽게 느껴야 하는 것이 무엇인지 바로 보게 됐습니다. 진짜 부끄러운 것은 거친 일을 하는 것이 아니라 거짓말이나 도둑질을 해서 감옥에 가는 거라는 것을 알게 된 것입니다.

첫 월급을 신혼부부에게

어머니가 광주리 장사를 하실 때였습니다. 저는 조그만 병원의 보조 간호사로 일하면서 받은 첫 월급을 어머니에게 드렸습니다. 그때는 1950년대 후반이라 모든 사람이 다 경제적으로 어려움을 겪으면서 살고 있었습니다. 어머니는 이웃에 사는 젊은 부부가 돈이 없어서 이혼한다는 이야기를 들으시고 우리도 가난하지만, 저의 첫 월급을 그 부부에게 주어도 되느냐고 물으셨습니다. 저는 어머니가 원하는 대로 하시라고 말씀드렸습니다.

놀라운 사실은 이렇게 이웃에게 친절을 베푸실 때도 어머니는 어머니 마음대로 하지 않고 자녀가 어떻게 생각할지 헤아리면서 행동으로 옮기셨다는 것입니다. 이런 마음을 가지고 선행을 하셨기 때문에 자녀에게 상처를 주지 않으셨습니다. 우리 어머니는 늘 사람을 살리는 일을 우선하여 돈을 사용했습니다. 그런 어머니의 모습을 보고 저는 성경에 나오는 과부의 헌금 이야기가 우리 어머니의 자선과 똑같다고 느꼈습니다.

제가 취직하기 전 어느 날 어머니가 열이 나고 몸살감기로 몹시 아프셔서 그날은 장사를 나가지 못했습니다. 그래서 그날은 제가 어머니를 대신하여 광주리를 이고 시장으로 물건을 팔러 나갔습니다. 그날은 비바람이 불고 몹시 추워 시장에 물건을 사러 나오는 사람들이 적었습니다. 하루 장사해서 하루를 먹고 사는 때였는데, 추운 날씨 탓에 물건을 하나도 팔지 못해 그날 먹을 쌀을 사 오지 못했습니다. 그래서 어머니와 우리 식구가 모두 끼니를 거르고 그냥 울기만 했습니다. 이런 어려운 처지에 놓여 있었는데도 당신 가족의 안위를 생각하기보다는 젊은 부부를 살게 하려고 저의 첫 월급을 신혼부부에게 주시는 것을 보면서 어머니는 예수님의 가르침대로 사셨다고 생각했습니다.

둘째 딸의 수녀원 입회 때

둘째 딸인 저는 하느님의 부르심을 강하게 느껴, 만 19살이 되면서 성심수녀회에 보조 수녀로 들어가기를 원했습니다. 보조 수녀란 빨래와 청소, 부엌일을 맡아 하며 침묵 안에서 하느님과 일치 기도를 드리는 생활을 하면서, 학교에서 학생을 가르치는 수녀님을 보조하는 수녀들입니다.

저는 입회 전, 어머니에게 성심수녀회에 들어가면 외국에 가서 살 수도 있다고 말씀드리며 성심수녀회에 입회해도 괜찮을지 여쭈었습니다. 어머니는 제가 성심수녀회에 입회하든지, 결혼하든지 말리지는 않겠지만, 한 번 수녀회에 입회하면 성실하게 살고 그곳에서 죽음을 맞이해야 하는 것이라고 말씀하셨습니다. 어머니에게 퇴회(수녀원을 나오는 것)하지 않도록 노력하겠다고 말씀드리자 어머니는 저에게 다음과 같은 권고를 덧붙이셨습니다.

"네가 수녀원에 들어가면 수녀원이 우리 집보다 훨씬 더 잘 살 것이다. 그런 환경에서 살게 된다면 우리 집안이 가난하다 보니 자연스럽게 어려운 집 생각도 나고 어떻게 하면 집에 도움을 줄까 걱정도 하게 된단다. 그런 마음이 들 때 기도를 드리고 집안 걱정은 하지 말거라. '가난한 백성은 나라에서도 못 당한다.'라는 속담이 있다. 나와 너의 형제자매들이 살아가면서 온갖 어려움과 시련을 겪더라도, 네가 근심한다고 해도 조금도 도움이 되지 않으니까 걱정하지 말고 하느님께 다 맡기거라. 하느님만을 믿고 살아야 한다."

그때 저는 알겠다고 말씀드리고 수녀회에 입회하여 수도

생활을 시작했습니다. 실제로 제가 수녀원에서 살면서 형제자매들이 경제적으로 아주 힘든 고비를 겪는다는 소식을 접할 때면 마음이 흔들렸습니다. 하지만 그때마다 걱정스러운 마음을 다잡고 어머니의 권고를 떠올리며 하느님께 이런 모든 아픔을 다 말씀드리며 살게 됐습니다. 이렇게 부모님의

말씀 한마디가 삶이 흔들리는 순간에 중심을 잡아 주는 중요한 역할을 하면서, 자녀의 삶에 얼마나 많은 영향을 주는지 또다시 깨닫게 되었습니다. 만약 어머니가 저를 생각해서 가정의 어려움을 걱정하지 말라고 말해 주지 않으셨더라면 저는 많은 순간 근심과 걱정으로 기도 생활과 수녀의 임무에 충실하지 못했을지도 모릅니다.

성심수녀회 입회

저는 어머니의 허락을 받고 1962년 2월에 성심수녀회에 입회했습니다. 드러나지 않는 일을 하면서 하느님과 일치 기도를 하고 싶은 마음에 입회한 것이었습니다. 제가 입회한 성심회는 국제 수녀회이고 교육을 사도직으로 하는 수녀회였습니다. 저는 보조 수녀로 입회했기에 교사 수녀님들을 돕는 일을 하게 되었습니다. 저는 성심회에 입회한 후에 한국에서 지원자로 1년을 살고, 그후 일본에 가서 청원자로 2년, 수련자로 2년 그리고 유기서원자로 1년을 살고 다시 한국으로 돌아왔습니다.

일본에 가서 5년간 초기 양성(수녀회 교육과정)을 받을 때는 그야말로 사막에서와 같은 체험을 하게 되었습니다. 한국말도 할 수 없었고 문화와 음식도 다른 데다 영어로 소통을 해야 하는데, 영어도 제대로 배우지 못해 무척이나 힘들고 어려운 시간을 보냈습니다. 하느님을 만나기 위해서는 사막과 같은 곳에서 오로지 하느님만을 섬기며 사는 것이 중요한데, 그곳에서 예수님과 일치 기도를 드리며 살 수 있었기에 힘들지만 기쁘게 생활할 수 있었습니다. 그 당시 로마 가톨릭교회에서는 1962년부터 바티칸 공의회가 열리면서 교회에 많은 쇄신의 바람이 불기 시작했고, 제가 1968년 한국에 돌아왔을 때는 이미 많은 수도회가 바티칸 공의회의 영향을 받은 상태였습니다. 성심회도 그 영향을 받아 공부하지 않고 입회한 수녀들에게 학업을 권했습니다. 저는 공부하기 싫었지만, 공부해야 했고 수녀회에서 재정을 맡아 일할 수 있도록 경영학과를 다니라는 권고를 받았습니다. 기쁜 마음으로 조용하게 살던 저는 갑자기 공부를 시작하게 됨과 동시에 설상가상으로 뒤늦은 사춘기가 찾아와서 심리적, 정신적,

영적으로 아주 힘들었습니다. 하느님께서 저를 잘못 부르셨다는 생각이 들어 수녀회를 그만두어야겠다는 생각까지 하게 되었고, 어머니를 찾아뵙고 수녀회를 나와야겠다고 말씀 드렸습니다.

어머니 저, 수녀회에서 퇴회하겠습니다

"어머니, 저 성심수녀회를 퇴회해야 할 것 같아요. 도저히 수녀회에서 살 수가 없습니다. 학교를 제대로 나오지 않고 수녀회에 입회해서 이제 와 대학교에 다니려고 하니 보통 힘든 것이 아닙니다. 그래서 없던 열등감도 생기고 두려움도 생겼습니다. 저는 행복하지가 않습니다."

어머니는 제 이야기를 조용하게 다 들으시더니 한참을 생각하시고는 수녀회를 나오라고 말씀하셨습니다.

저는 성심수녀회를 나오라는 어머니의 말씀을 듣고 '정말로 어머니는 딸만을 생각하시는구나' 하고 어머니의 사랑을 다시 한번 느꼈습니다. 한번 입회하면 죽을 때까지 수녀로 살아야 한다고 말씀하셨던 어머니께서 지금은 나오라고 하

시니 어머니의 위신이나 명예를 위해 저를 구속하시는 것이
아니라 오로지 저의 행복을 생각하신다는 것을 느낄 수 있
었습니다.

어머니의 허락에 용기를 얻어 기꺼이 성심회에서 퇴회하려
고 마음먹었습니다. 그리고 예수님께 드리는 마지막 기도를
바치던 중에 저는 예수님의 음성을 듣게 되었습니다.

"너는 왜 나를 배반하느냐?"

"저는 예수님을 배반하지 않아요! 밖에 나가서 예수님을 잘 모시고 살겠습니다."

예수님께 기도를 바치고 나니 복잡한 마음은 조금 안정되었지만, 밖에 나가면 예수님께서 도와주지 않으실 것 같아서 퇴회를 못했습니다. 계속되는 힘든 여정 속에서 그해의 연중 8일 피정을 '이냐시오 영신수련'으로 하게 되었습니다. 이때 하느님께서 제게 큰 은혜를 베푸셔서 진정으로 하느님을 아버지라고 부를 수 있게 되었고, 그 아버지께서 베풀어 주시는 큰 사랑을 체험하게 되었습니다.

그 체험 이후 제 마음이 하느님의 사랑으로 충만해졌습니다. 하늘을 날 것 같은 가벼운 마음이 되었고 기쁨이 샘솟았습니다. 무엇보다 하느님께서 제 모든 아픔을 다 가져가셨습니다.

그리고 예수님이 너무 좋아서 성심수녀회를 나오지 않고 계속 살게 되었습니다. 저의 행복을 바라시는 어머니의 사랑이 아니었다면, 예수님의 사랑을 알아차리지 못했을 뿐만 아니라, 위기의 순간을 이겨내며 예수님께 다가가지도 못했을 것입니다.

결혼 생활을 해 보고 싶다고 했을 때

이렇게 하느님 안에서 행복한 생활을 하면서 종신서원까지 받게 되었습니다. 그러던 중 30대 후반이 되면서 사랑이라는 감정을 알게 되었습니다. 이 시기에 사랑이 무엇인지 알게 되면서, 세상에 나가 결혼 생활을 하고 싶은 강한 유혹을 받았습니다. 젊어서는 이상으로 살았기에 수도 생활을 기쁘게 했는데 나이가 드니 본능이 고개를 드는 것을 막기 어려워진 것입니다. 기도하고 하느님께 다 말씀드려도 결혼하고 싶은 생각이 멈추지를 않았습니다. 저는 이번에도 어머니에게 가서 여쭈어 보았습니다.

"어머니, 결혼하고 싶은 생각이 아주 강하게 들어요. 실제로 저를 사랑한다고 고백한 사람도 있고요."

어머니는 저에게 "네 나이가 몇 살이냐?" 물으셨습니다. "제 나이가 30대 후반이지요." 하고 말씀드리자 어머니가

"나이 35세가 넘으면 결혼 생활에서 오는 단맛과 쓴맛을 다 맛본 상태야. 결혼 생활에서 가장 중요한 것은 둘이 사랑하고 그 사랑으로 살아가는 것인데, 이 나이가 되면 이제는 아이들을 보살펴야 하는 나이이지 사랑 타령을 할 나이는 아니란다."라고 조언해 주셨습니다.

사실 어머니는 30대 후반에 8남매를 두셨으니 어머니가 하는 말씀이 너무도 지당하다는 생각이 들었습니다. 어머니는 저에게 결혼을 하라고 하지도 않으셨고 수녀로서 계속 살라는 말씀도 하지 않으셨습니다. 그저 삶에 대한 당신의 견해만 말씀해 주셨습니다. 어머니는 제 마음의 상태를 읽고 판단은 제가 내리도록 해 주셨습니다. 어머니의 그러한 지혜로운 답변 덕분에 다시 수도 생활에 전념할 수 있었습니다.

절제의 덕을 권하심

40대 초반, 저는 수녀원에 살면서 원인 모를 병을 앓게 되었습니다. 서울 성모병원에 입원하여 1주일 동안 온갖 검사를 다 했음에도 병명이 나오지 않았습니다. 하는 수 없이 일은 못 하고 6개월 동안 쉬고 있었는데 수녀원에서 한방 치료를 받도록 배려해 주었습니다. 그런데도 병에는 차도가 없었습니다. 제대로 먹지도 못하고 잠도 못 자고 가슴은 뛰고 하여 아주 힘든 시간을 보내게 되었습니다. 이때 수지침을 놔주던 수녀님이 책을 주면서 스스로 연구해서 침을 놓으라고 하셨습니다. 그래서 저는 수지침 교재를 6번 탐독하고 거기에서 알려준 대로 침을 놓기 시작했습니다.

마침 여동생이 어머님을 돌봐 드리고 있었기에, 집에 가서 동생이 해주는 따스한 밥을 얻어먹으면서 스스로 수지침 치료를 시작했습니다. 큰 수술을 한 후에 보양을 제대로 하지 않아 오장육부가 다 막혔었는데, 수지침으로 장기들을 한 달 동안 치료하자 건강이 회복되었습니다. 수지침 치료로 효과를 본 저는 어머니를 뵈러 온 분들에게 수지침을 놔 드리기 시작했습니다. 그런 저를 보고 어머니는 "네가 남에게 수지침으로 도움을 주고자 하는 마음은 알겠는데 우선 너부터 건강을 회복할 때까지는 절제했으면 좋겠구나." 하셨습니다.

저는 어머니의 이런 현명한 판단 덕분에 자신을 보살피는 생활이 얼마나 중요한지를 깨닫게 되었습니다. 만약 어머니가 당신 딸이 많은 이에게 좋은 일을 한다는 것만 먼저 생각하고 바라셨다면 막상 저는 건강이 회복되기도 전에 수지침을 놓아 주느라 시달려 제대로 쉬지 못해 병이 낫지 않았을 것이라는 생각이 들었습니다.

어머니를 통해 하느님의 뜻을 알아차리다

세례를 받은 14세 때부터 저는 어머니를 통해 하느님의 부르심을 깊이 느끼게 되었습니다. 그분은 저를 아주 부드럽게 대해 주시고 제 의사를 물어보시면서 당신의 뜻을 이루셨다는 것을 알게 되었습니다. 뿐만 아니라 청소년기에 아버지를 잃은 아픔을 알고 계신 하느님 아버지께서 세상의 아버지 역할까지 하시며 저를 이끌어 주셨음을 확신합니다.

이상적인 삶을 살려고 노력했던 당시의 큰 아픔을 통해 그것이 말 그대로 이상일 뿐임을 깨닫게 하셨고 결혼하고픈 마음까지 내려놓게 하셨습니다. 원인 모를 병에 시달릴 때도 당신께서 함께해 주시면서 치유해 주셨고, 사도직을 하면서 겪어야 했던 정신적인 병도 다 낫게 해 주셨습니다.

강물이나 거대한 불이 저를 덮친다고 해도 하느님이 함께 계시면 다 이겨낼 수 있다는 확신이 들었습니다. 어머니가 당신의 지혜와 크신 사랑으로 저를 극진히 돌보아 주셨기에, 일찍이 하느님을 사랑하는 방법을 알게 되었고 그분의 사랑을 누릴 수 있었던 것입니다.

어머니를 힘들게 한 만큼, 보람을 준 셋째 남동생

아닌 건, 아닌 거 - 소신을 가르치시다

1950년대 말, 어느 날의 이야기입니다.

어느 날 남동생이 학교에 다녀와서는 친구들이 학교에 못 가게 막아서 학교를 못 다니겠다고 말하는 것이었습니다. 어머니는 동생에게 "아이들이 네가 학교를 못 다니게 하는 이유가 무엇이냐"고 물으셨습니다. 동생이 설명하기를, 부모가 가게를 하는 친구가 있는데 아이들이 그 가게에 가서 동생의 이름으로 과자를 사 먹고는 300원을 외상으로 달아 놓고 외상값을 갚지 않아 이자가 붙어서 1,800원이 되었다고 합니다. 그러면서 그 가게 주인의 아들인 친구가 그 돈을 다 갚을 때까지 학교에 못 가게 할 것이라고 말했다는 것입니다. 그러자 어머니는 그 가게가 어디에 있냐고 물으시고는 그 가게에 남동생을 데리고 찾아가셨습니다.

어머니는 다른 아이들이 우리 아이의 이름을 걸고 외상으로 과자를 사 먹고는, 우리 아이가 갚지 않으면 안 된다고 하니 어떻게 하면 좋으냐고 가게 주인 아주머니께 말했습니다. 그러자 그 아주머니는 당신 아들을 잘못 둔 것을 가지고 왜 따지느냐고 했습니다. 그때 가게 주인인 아이 아버지가 나와 무슨 일인지 물었습니다. 그러자 어머니는

"아이들이 300원어치의 과자를 제 아이 이름으로 이곳에서 사 먹고는 그것을 갚지 않는다 하고, 거기에 이자까지 더해 지금은 1,800원이 되었다고 합니다. 외상 값을 갚을 때까지 학교에 가지 못한다면서 길을 막으니, 당신네도 자식을 가진 사람으로서 아이들을 잘 키워야 하지 않겠습니까?"

하고 정중하면서도 단호하게 말씀하셨습니다.

그러자 주인아저씨는 "지당하신 말씀이십니다. 자녀들을 잘 교육하려면 어른들이 해결을 해 줘야지요."라고 했습니다. 어머니는 "고맙습니다. 그러면 아이들이 빚진 돈 300원만 갚겠습니다." 하시고는 동생의 어려움을 해결해 주셨습니다. 그 이후에 셋째 남동생은 무사히 학교에 다닐 수 있었습니다.

당시 어머니가 광주리 장사를 하시던 때여서 몹시 바쁘셨음에도 불구하고, 물건을 팔고 저녁에 오면 아이들의 상태를 잘 살피셨습니다. 그러고는 아이들에게 어떤 일이 생기면 그날을 넘기지 않으시고 아이들의 문제를 해결해 주셨습니다. 자녀가 못된 짓을 하는 이웃이나 동네 아이들에게 당할 때는 직접 나서서 아이들에게는 심각하게 느껴질 수 있는 문제를 함께 고민하시며 상황을 지혜롭게 해결해 주셨습니다.

늘 아이들의 마음을 헤아려 주셨으며 야단을 치지도 않으셨지만, 잘못한 것에 대해서는 올바르게 다시 가르쳐 주셨습니다. 그래서 우리 8남매는 곤란한 상황일수록 어머니에게 다 말씀드리면서 안심할 수 있었고, 잘못된 일을 당할 때는 당당하게 권리를 주장할 힘을 키울 수 있었습니다.

개에게 물린 아들을 구하다

셋째 남동생이 어렸을 때, 이웃집 개에게 물린 적이 있었습니다. 어머니는 남동생을 개 주인에게 데리고 가서, 같이 병원에 가자고 말했습니다. 그러자 개 주인은 개에게 물린 곳에는 개털을 붙여주면 낫는다고만 말하고는 신경 쓰지 않았습니다. 그 동네에는 그동안 그 개에게 물린 아이들이 꽤 많이 있었습니다. 그때마다 개 주인은 개털만 붙여 주면 모두 해결된 것처럼 큰소리쳤습니다. 동네 사람들은 그 개가 많은 사람들에게 어떤 해를 끼쳤는지 잘 모르기 때문에 개 주인이 큰소리치면 그냥 그런가 보다 하며 넘어가곤 했습니다. 하지만 어머니는 "당신네 개가 온 동네 아이들을 무는데, 만일 불상사가 생기면 당신이 책임질 자신이 있습니까? 그리고 오늘 개에게 물린 우리 아들을 당장 병원에 데리고 가야겠습니다. 그 개가 광견병에 걸린 개인지 아닌지 어떻게 압니까? 도대체 무슨 배짱으로 남의 귀한 자식을 이 지경으로 만들어 놓고 나 몰라라 하는 건가요? 그게 말이나 됩니까? 그렇게 자꾸 애꿎은 사람만 무는 개는 지금 당장 팔아 치우셔야 합니다." 하고 강하게 항의하셨습니다. 개 주인은 자신의 귀한 개를 왜 팔아야 하느냐고 대들었습니다. 어머니는 "당신에게는 개가 중요하겠지만 그런 개는 돈만 주면 얼마든지 살 수 있습니다. 그러니 더 큰 일이 생기기 전에 당장 개를 팔아 치우세요!"라고 하셨습니다.

그 광경을 지켜보던 동네 어르신들이 이구동성으로 말했습니다. "이 아주머니 말이 맞으니 당신 개를 팔아 치우는 것이 좋겠습니다." 동네 사람들이 아우성을 치자 개 주인은 슬그머니 집으로 들어갔습니다. 그다음 날 개 주인은 그 개를 없애고 셋째 남동생도 병원에 데리고 가서 치료를 받도록 해 주었습니다. 동네 어르신들은 그 고약한 개 주인의 버릇을 단단히 고쳐 줘서 고맙다고 하시며 어머니에게 감사의 인사를 드렸다고 합니다. 어머니는 늘 당당하게 당신의 자녀들 편에 서서 권리를 주장하고 이끌어 주셨습니다.

마치 바리사이파들이 제자들을 꾸중할 때 예수님께서 제

자들의 편을 들어 주시고 당당하게 맞설 수 있게 잘 보살피
셨듯이 말입니다.

아들의 허물을 용서해 주는 어머니

셋째 남동생이 고등학교 2학년 때의 이야기입니다.

어느 날 학교에서 돌아와서는 학업을 중단하고 어머니와
함께 장사하겠다고 말을 꺼낸 적이 있습니다. 어머니가 왜 그
런 생각을 하느냐고 물으시니 남동생이 "어머니가 이렇게 힘
들게 광주리 장사를 해서 우리를 학교에 보내 주시는 것이
너무 부담스럽습니다. 그래서 어머니를 도와 일을 하고 싶습
니다."라고 말했습니다. 어머니는 셋째 남동생에게 생각은 갸
륵하지만 당신과 함께 더 이야기를 나누면 좋겠다고 대답하
셨습니다.

어머니는 그날 장사를 마치고 돌아오셔서 저녁에 셋째 남
동생을 부르셨습니다. 그러고는 조곤조곤 그동안 어떤 일이
있었는지 묻기 시작하셨고, 남동생과 새벽 4시까지 이야기
를 나누셨습니다. 셋째 남동생은 자신이 저지른 행동을 어머

니에게 이실직고하지 않을 수 없었습니다. 자초지종을 들어 보니 동생은 학교에 낼 월사금을 이웃 동네 친구들과 써 버리고는 면목이 없으니까 어머니에게 장사하겠다고 한 것입니다. 어머니는 셋째 남동생의 이야기를 다 들으시고는 야단치시지 않고 이렇게 말씀해 주셨습니다.

"공부는 때가 있다. 그러니 일숫돈을 얻어서 줄 테니 그 돈을 월사금으로 내고 걱정하지 말고 학교에 다녀라."

그리고 어머니는 큰형한테는 이 일을 알리지 말라고 하셨습니다. 형이 알면 동생을 심하게 꾸짖고 매를 들 것 같아서 이렇게 말씀한 것입니다. 어머니는 우리 8남매들이 어떤 잘못을 저질러도 한 번도 화를 내거나 질책을 하거나 욕을 하거나 저주를 하지 않으셨습니다.

아무리 잘못한 것이 있다 하여도 무슨 일인지 상세하게 다 들으시고 상황을 해결해 주시며 다시 용기를 주셨고 당당하게 살아가게 하셨습니다. 어머니는 진정으로 예수님의 마음으로 사셨고 우리를 예수님의 마음으로 대하셨습니다.

불이 나서 집이 다 타 버렸을 때

셋째 남동생이 자라 자수성가해서 2층 양옥집을 마련했습니다. 셋째 남동생은 아래층에서 살고 2층은 세를 주었습니다. 그런데 2층에 세 든 분이 가내 수공업을 하다가 불을 내서 집 한 채를 다 태웠습니다.

이 소식을 들으신 어머니는 남동생 집에 오셔서 다 둘러보시고 이웃 사람들에게 혹시 사람들이 다치지 않았는지, 이웃집이 재산 피해를 보지는 않았는지 물으셨습니다. 이웃 사람들이 생명이나 재산 피해는 없다고 알려 주었습니다. 그러자 이번에는 셋째 남동생에게 윗집 식구들과 남동생네 식구들이 한 사람도 다치지 않았는지 물으셨습니다. 아무도 다치지 않았다고 말씀드리니 어머니는 "하느님 감사합니다."라고 말씀하셨습니다.

동네 사람들과 2층집 식구들 그리고 셋째 남동생 내외가, 어떻게 아들네 집에 불이 났는데 하느님께 감사를 드릴 수가 있느냐고 물었습니다. 그러자 어머니는 "이웃 동네에 생명이나 재산 피해를 주지 않았고 너희 집 식구와 2층집 식구 하나도 다치지 않았으니 감사할 일이 아니냐? 그리고 재물은 있다가도 없고 없다가도 있는 것이야. 너희는 3년 안에 집을 마련하고 잘 살 것이다." 하셨습니다. 그리고 "불을 낸 이층 집 사람들을 고소하지 마라, 그 사람들이 고의로 불을 낸 것도 아니고 감옥에 보낸다고 돈을 받을 수 있는 것도 아니야." 라고 하시고는 떠나셨습니다. 셋째 남동생은 어머니의 말씀대로 3년 후에 다시 집을 마련하여 잘 살게 되었습니다. 어머니는 영원한 생명의 소중함을 아시고 이 세상 것에 대해서 애착을 두지 않으셨기에 서로 원수로 살아갈 수 있는 처지임에도 이렇게 화해할 수 있도록 지혜롭게 조언해 주셨습니다.

이혼하려는 셋째 아들을 재결합으로!

셋째 남동생이 어느 날 올케에게 손찌검을 했습니다. 그 사건 이후 올케는 친정집으로 가 버렸고 이혼하려 했습니다.

올케의 친척들이 어머니에게 와서 "우리 누나가 이혼할 수 있게 이혼서류에 도장을 찍어주세요" 하고 사정했습니다. 이렇게 여러 번 찾아와서 요구하는 분들에게 "결혼과 이혼은

당사자들이 해결해야 할 문제이지 제삼자가 나설 일이 아닙니다. 부모나 일가친척들이 나서서 이혼을 서두르는 것은 옳지 않습니다. 그냥 가십시오." 하고 돌려보냈습니다.

그리고 어머니는 아는 분을 통해 올케와 셋째 남동생이 서로 만나게 했습니다. 그렇게 만나기를 몇 번 한 후에 다시 결합해서 살게 되었습니다. 그렇게 재결합한 부부가 이제는 칠순을 넘기면서 잘 살고 있습니다.

어머니의 현명한 판단과 대처 방법은 한 가족만 살릴 뿐만 아니라 모든 가족에게 영향을 주었습니다. 요즈음은 우리 8남매 중 결혼을 한 자녀들의 아이들 즉 어머니의 손주들이 결혼하기 전에 저에게 인사를 하러 옵니다. 저는 이 아이들에게 고모도 되고 이모도 됩니다. 어머니는 자식 한 사람 한 사람마다 정성을 쏟으시면서 어떠한 어려운 상황에서도 올바르게 판단하고 감정에 휩쓸려서 결단을 내리지 않도록 조언해 주셨습니다.

셋째 남동생은 유난히도 어머니를 힘들게 했습니다.

그럼에도 어머니의 현명하신 판단과 돌보심으로 하느님의

사랑받는 자녀로 잘 키우셨습니다. 하느님께서는 당신께 다가가는 모든 영혼에게 복을 주시고(강복) 마음껏 살게 해 주십니다. 셋째 남동생도 결혼해서 자녀를 두었고 그 자녀도 아기를 낳아 행복하게 살고 있습니다.

30년 넘게 노인들을 섬긴 셋째 여동생

'저 아이가 꽤 괜찮은 아이예요!'

아버지가 돌아가시고 나서 어느 날 친할머니가 우리 집에 오셨습니다. 셋째 여동생이 어머니를 도와드리며 초등학교에 다니던 때였습니다. 다른 사람들이 보기에는 셋째 여동생이 어눌하고 똑똑하게 보이지 않았던 것 같습니다. 할머니도 아이가 이렇게 말이 어눌해서 어떻게 하면 좋으냐며 어머니에게 한탄하셨습니다.

"어머니, 이 아이가 조금 어눌해 보이지만 꽤 괜찮은 아이예요."라고 할머니에게 말씀하시는 것을 셋째 여동생이 건넛

방에서 다 들었다고 합니다. 여동생은 어머니 말씀이 자신의 삶에 얼마나 많은 영향을 주었는지 이야기하며, 커서도 늘 큰 힘이 되었다고 했습니다.

아이가 듣는 데서 어눌해 보인다고 걱정하는 말을 하게 되면 그 아이는 매사에 자신 없어 하면서 삶의 의욕도 사라지게 됩니다.

어린아이일 때 가능성을 일깨워 주고 믿어 주면 무슨 일을 당하든 걱정하지 않고 당당하게 살아갈 수 있게 됩니다. 어느 날은 셋째 여동생이 나에게 "언니, 엄마가 그러는데 나 참 괜찮은 아이래."라고 말했습니다. 저는 여동생에게 "그래, 지금 네가 양로원을 운영하고 있잖니! 그때 어머니가 너를 그렇게 믿어 주고 돌봐 주어서 지금 네가 할머니들을 잘 보살펴 주고 있는 거야!" 하고 대답해 주었습니다.

셋째 여동생은 결혼도 하지 않고 일생을 동정녀로 살면서 어머니의 세례명인 '베로니카'라는 이름으로 양로원을 운영하고 있습니다. 7~8명 정도의 무의탁 노인을 모시기 시작하여 지금까지 30년 이상 지속하고 있습니다. 동생은 대통령으로부터 상까지 받았습니다. 하지만 그 대통령상을 장롱 깊숙이 넣어 두었습니다. 자기 자랑을 하지 않는 어머니를 본받은 것 같습니다.

어느 날 제가 셋째 여동생이 하는 양로원에 가서 하룻밤을 지내게 되었습니다. 다음 날 아침 일찍 90세가 넘으신 할머니가 기어 다니다가 작은 도랑에 빠져서 동네 아주머니가 데려다 주었습니다. 놀라서 여동생에게 "할머니를 도랑에 빠

지게 하면 어떻게 하니?"라고 물으니 여동생이 저에게 "언니, 여기는 수용소가 아니야. 어르신들을 모시고 사는 양로원이지! 사람이 노인이 되었을 때 방에만 가만히 계시라고 하면 병이 더 나요. 할머니들이 운동해야 몸과 마음이 건강해지거든."이라고 답했습니다.

그렇게 말하면서 제 여동생은 할머니를 깨끗하게 씻겨드렸습니다. 집에서 밥을 많이 먹으면 며느리나 자식들이 똥을 싼다고 구박하며 마음껏 먹지 못하게 하는 일도 있다는 이야기를 들었습니다. 할머니들이 몸도 건강하고 마음도 편안하게 해 드리는 것이 얼마나 중요한지를 동생을 보면서 알게 됐습니다.

굼벵이도 구르는 재주로 산단다

어머니는 우리가 아무리 잘못을 하더라도 혹독하게 야단치지 않으셨습니다. 셋째 여동생은 일을 잘 할 줄 몰랐지만, 항상 열심히 일했습니다. 셋째 여동생이 어렸을 때 빨래판에다 빨래하면서 힘주어서 빨지 않고 설렁설렁 비누칠하다가 그만 헹궈버리기 일쑤였습니다. 어머니는 그런 셋째 여동생을 나무라지 않고 그저 바라보시며 "빨래가 아야! 하겠구나." 하시면서 그냥 지나치셨습니다. 셋째 여동생이 손끝이 야물지 못해 제대로 일을 하지 못해도 어머니는 야단을 치지 않았습니다.

어느 날 셋째 여동생이 "어머니, 제가 일을 꼼꼼하게 해내지 못하는데 앞으로 어떻게 살아가지요?"라고 어머니에게 물으니 어머니께서 "굼벵이도 구르는 재주로 산단다. 재주가 없어도 누구나 세상을 살아갈 수 있단다. 그러나 절대 하면 안되는 것이 있지." 하셨습니다. 제 여동생은 어머니에게 "그것이 뭐예요?" 하고 물었습니다. 어머니는 "사람들을 악하고 독하게 대해서는 안 된다." 하셨습니다.

제 여동생은 정말 세상을 살다 보니 어머니가 하신 말씀이 명언이라는 생각이 수시로 든다고 했습니다. 어머니는 일에 대해서나 재능에 대해서 따지거나 혹독하게 대하는 법이 없으셨습니다. 언제나 관용을 베푸시고 너그러운 마음으로 이해해 주셨습니다.

없는 형편에서 자식 먹을 건 잘 챙기셨던 어머니

셋째 여동생은 배가 고프면 견디지 못했습니다. 어머니는 그런 셋째 여동생이 맥없이 누워 있는 것을 보고 허기 진 것을 눈치 채셨고, 그 모습이 딱해 보였는지 혼자 실컷 먹으라고 소고기 2근을 사 주셨습니다.

동생이 어떻게 알았냐고 물으니 어머니가 "그렇게 맥없이 앉아 있고 누워 있는 것을 보니 네가 원기가 부족한 것 같다."라고 하셨다고 합니다. 어머니는 늘 자녀에게 좋은 음식을 요리해 주려고 노력했습니다. 건강하게 살려면 약을 쓰는 것보다는 우선 잘 먹어야 한다는 것이 어머니의 생각이었기 때문입니다.

음식과 한약은 그 원천이 같은 것이며 각자의 몸에 맞는 음식을 먹으면 그것이 약이 된다고 하셨습니다.

어머니는 "갓 시집온 며느리가 낮에도 늘 아랫목에 누워서 힘들다고 하면 이 며느리를 병원에 데리고 가서 약을 지어 먹여야 하는 거야. 젊었을 때는 건강하면 누워 있으라고 해도 누워 있지를 못하거든."이라고 이야기해 주셨습니다. 그

런 어머니이시기에 자식들의 기력이 부족할 때에 빠르게 눈치를 채시고 몰래 따로 챙겨 주셨던 것입니다. 여동생은 어머니가 자신만 그렇게 특별히 챙겨 주시는 줄 알았습니다. 그러나 어머니가 돌아가시고 가족들이 한자리에서 식사할 때 이야기를 나누면서 우리는 모두 깜짝 놀랐습니다.

어머니는 지치고 배고픈 자식들을 따로 불러 배불리 먹였던 것입니다. 그래서 우리는 모두 자기 자신에게만 어머니가 고기를 맛있게 만들어서 주신 줄로만 알고 있었습니다. 한 사람에게 치우치지 않고 8남매가 골고루 어머니의 사랑을 받으면서 허기를 느끼지 않고 자라날 수 있었던 것입니다.

달러 빚으로 등록금을

어머니께서 달러 빚을 얻어서 여동생에게 주면서 그 돈으로 등록금을 내고 학교에 다니라고 하셨습니다.

여동생은 "어머니 저는 학교에 다니지 않아도 돼요. 그렇게 달러 빚까지 얻어서 학교 다니는 것은 너무 부담스러워요. 동네 어르신들이 저 아이는 여자니까 중학교만 졸업시켜 시집보내면 되지 왜 달러 빚까지 얻어 고등학교를 보내는지 모르겠다며 흉을 봐요."라고 말씀드렸습니다. 어머니는 동생에게 "여자아이라도 사람답게 살아가려면 공부를 해야 한단다. 공부하지 않으면 답답하고 아무 일도 못 하니 일단 교육을 받아야 해. 고등학교를 졸업하지 못하면 취업을 하거나 살아가는 데도 불편할 것이고 열등감에 사로잡혀서 당당하지 못하게 살아가게 될 거야. 그러니 힘이 들고 어렵더라도 고등학교는 졸업하고 보자."라고 하셨습니다.

이렇게 힘든 형편에도 불구하고 힘을 북돋워 주시면서 끝까지 학교에 보내 주셨던 어머니가 무척 고마웠습니다. 후에 여동생은 '베로니카의 집'이라는 양로원을 운영하면서 한국방송통신대학을 졸업하게 되었습니다. 고등학교를 졸업했기 때문에 대학에 진학할 수 있었습니다. 이 모든 게 오로지 어머니의 자식 사랑 덕분이라고 생각합니다.

네가 시집 안 가도 걱정되지 않아

여동생이 어머니에게, 자신이 나이가 많은데 결혼도 하지 않고 있으니 걱정되지 않으시냐고 여쭈었습니다. 그러자 어머니는 동생에게 "나는 네가 하느님의 은총을 받아 사회에서 소외되고 어려운 처지에 있는 사람들을 돌보고 싶어 하는 마음을 가지고 있어서 시집을 가지 않아도 걱정이 되지 않는단다. 너는 하느님의 축복 속에서 많은 사람에게 복을 줄 것이라는 확신이 든다. 하느님의 축복을 빈다."라고 말씀하시며 동생에게 용기를 주셨습니다.

제 여동생은 30년 넘게 무의탁 노인들을 섬기면서 하느님께서 이런 일을 할 수 있도록 기회를 주신 것에 대해 늘 감사드리는 삶을 살고 있습니다. 이러한 삶에 대해 칭찬을 바라지도, 보상을 바라지도 않습니다. 또한 예수님의 마음으로 많은 도움을 주고 계신 분들께 감사를 드리고 있습니다.

사실 하느님께서 제 여동생에게 건강을 주시지 않았거나 일찍 하늘나라로 데려가셨으면 이런 봉사의 삶도 살 수가 없는 것이지요. 이런 의미에서 성경에서 말씀하시는 것과 같이 동생도 "저는 쓸모없는 종입니다. 해야 할 일을 했을 따름입니다."라고 말하며 살고 있습니다. 우리가 받은 모든 것은 하

느님께서 주신 것이기에 이런 일을 할 수 있게 해 주신 하느

님께 감사드리지 않을 수가 없지요.

어머니의 사랑으로 큰 병을 이긴 넷째 남동생

아버지와 아들이 같은 병에 걸리다

아버지는 3년 동안 복막염을 앓고 계셨습니다. 그때 당시 3살이었던 넷째 남동생도 아버지와 같은 복막염으로 누워 있었습니다. 의사 선생님이 왕진을 와서는 두 사람이 모두 죽는다고 말했습니다. 남편과 자식을 한꺼번에 잃을지도 모르는 상황에서 어머니는 왕진을 마치고 가시는 의사 선생님을 가지 못하게 막으시며 제발 우리 아들에게 관장이라도 해 달라고 간곡히 청했습니다. 의사 선생님은 마지못해 남동생의 관장만 해 주고 떠났습니다.

의사 선생님이 가고 난 뒤 어머니는 곧바로 윗목에 있던 넷째 동생을 아랫목으로 옮기시고는 밤새도록 극진히 간호하셨습니다. 새벽 4시에 관장의 결과인지 썩은 창자와 같은 대변이 나오는 것을 확인하고는 "이제 살았구나!"라고 비로소 마음을 놓으셨고, 정말로 동생은 기적적으로 살아났습니다.

그 시기에 어느 행인이 지나가는 길에 우리 집에 들러서는, "이 집안에 두 세력이 싸우고 있는데 한 사람에게만 정성을 쏟아야 한 명이라도 살 수 있습니다."라고 말했다고 합니다.

하지만 어머니는 그런 말을 신경 쓰지 않고 남편과 아들을 같은 정성으로 보살폈습니다. 보통 사람들이라면 어떻게 해서든지 남편을 살리려고 온갖 수단을 다 써서 남편을 더 잘 보살폈을지도 모릅니다. 아버지가 살아야 온 집안 식구가 다 살 수 있기 때문입니다. 그러나 어머니는 아버지도 넷째 남동생도 온 정성을 다해 보살폈습니다. 결과적으로 아버지는 돌아가셨지만, 동생은 살아났습니다. 동생은 어머니가 자신을 극진히 돌보아 주었기 때문에 다시 살 수 있게 되었다는 것을 알고 평생을 어머니에 대한 특별한 사랑을 느끼며 살았습니다. 성경에 나오는 과부의 아들을 예수님께서 살려 주셨듯이 넷째 남동생도 어머니의 사랑을 보시고 하느님께서 자신을 살려 주셨음을 믿게 되었습니다.

자녀에 대한 올바른 사랑

넷째 남동생이 중학교에 다닐 때 처음으로 IQ 검사를 했습니다. 검사에서 넷째 남동생은 학교에서 제일 높은 IQ를 받았습니다. 남동생은 그때부터 자신의 머리만 믿고 공부를 하지 않아 고등학교 입학 1차 시험에 떨어졌습니다. 그리고 2차 시험을 보았는데 또 떨어졌습니다. 결국 3차 시험에 합격해 그 학교에 가는 수밖에 없었습니다. 어머니는 넷째 남동생에게 3차 시험을 보는 학교에서는 어떤 시험을 보았느냐고 물었습니다. 넷째 남동생은 중학교 1학년 영어책을 주면서 읽으라고 해서 줄줄 읽었더니 합격이라고 했다고 말했습니다. 그 말을 듣고 어머니는 깜짝 놀라시며 그렇게 엉터리로 시험을 보는 학교는 도저히 보낼 수가 없다고 단호하게 말씀하셨습니다. 다음 날 어머니는 아침 일찍 일어나 2차로 시험을 보았던 고등학교 교장 선생님을 찾아가셨습니다. 어머니는 아버지께서 교직에 계실 때 부모들이 학교로 찾아와서는 빈자리에 자신의 자녀를 넣어 달라고 하는 것을 보아 오셨습니다.

어머니는 예전에 아버지가 교육계에 근무했다고 이야기하시며 "아비 없는 자식이 이 사회에 조금이라도 도움이 될 수 있도록 교장 선생님의 선처를 간곡히 바랍니다."라고 말씀하셨습니다. 자식을 위해 교장 선생님께 찾아가 아무런 선물도 없이 간곡하고 진실하게 말씀드렸던 것입니다. 교장 선생님은 어머니의 말씀에 감동해 동생을 추가 합격시켜 주었습니다. 어머니는 그다음 날 넷째 남동생을 데리고 화신 백화점에 가서, 교복과 가방을 사고 학용품도 마련해 주며 내일부터는 학교에 가서 열심히 공부하라고 사기를 북돋아 주셨습니다. 남동생은 커서 기술사 자격증을 따고 대학원도 다녔습니다. 남동생은 기술사 자격증을 받았을 때 어머니께서 계셨더라면 가장 기뻐해 주셨을 것이라며 한없이 아쉬운 마음을 달랬다고 합니다.

동생이 늦게나마 공부를 하고 원하는 자격증을 받게 된 것은, 학창 시절 교장 선생님을 찾아가서 간곡히 설득하여 좋은 환경을 마련해 주려고 애쓰신 어머니의 사랑 때문에 가능한 일이었습니다. 넷째 남동생은 나이가 들수록 어머니의 지혜로움에 감탄하며 그 사랑에 깊이 고개를 숙이게 된다고 했습니다.

희생으로 키우시는 어머니의 사랑

넷째 남동생은 어머니가 "나는 밥맛이 없으니 너희들이나 먹으라"라고 말씀하셨던 것을 기억하고 있습니다. 남동생은 어머니가 8남매를 키우시면서 자식들을 위하여 밥맛이 없다고 하며 드시지 않으셨던 그 뜻을 어려서는 미처 헤아리지 못했습니다. 또한, 먹는 것보다는 배움이 앞서야 한다면서 당장 쌀을 사야 할 돈으로 등록금을 주실 때에도 어머니의 뜻을 이해할 수 없었습니다. 그러나 막상 졸업장을 받았을 때 눈물이 앞을 가렸고, 광주리에 나물을 이고 제기동에서 동대문 시장까지 걸어 다니며 장사하시던 어머니. 그 힘든 하루를 마치고 저녁 늦게 들어와서 저녁상을 차려 주시던 어머니의 모습이 지금도 눈에 선하다고 합니다. 그 당시는 자신의 배고픔만 생각했지 어머니의 피곤함은 먼 나라 이야기였다고 기억합니다. 왜 돌아가신 다음에야 어머니가 얼마나 고되셨을지가 떠오르는 건지, "이 못난 자식은 죄송한 마음 금할 길이 없다."라고 했습니다.

실제로 어머니가 넷째 남동생을 임신했을 때 의사 선생님이 이 아이를 낳는 것은 몹시 위험하다며, 낙태를 권했다고 합니다. 어머니는 그 말을 듣고 온몸이 떨리며 큰 심적 고통을 느꼈지만 어떻게 나만 살고 생명을 죽일 수가 있겠는가 자문하며, 아기를 낳지 못하면 자신도 살고 싶지 않았다고 합니다. 그래서 아기를 낳기로 결심하시고 결국에는 건강하게 아들을 낳으셨습니다.

저는 어머니의 이런 사랑은 아무나 실천할 수 없는 것이라고 생각합니다. 어떤 산모는 아기를 가졌는데 몸이 너무나 아파서 그 아픔이 아기 때문이라고 생각이 들어 자신도 모르게 그 아이를 미워하기 시작했다고 합니다. 그렇게 힘든 기간을 보내고 아기를 낳고서 자신의 아픔을 돌보기 위해 아이를 다른 분에게 맡기게 되었다고 합니다. 아이는 자라면서 엄마라는 말도 안 하고 엄마가 오면 달아나며 엄마를 싫어했다고 합니다. 엄마도 역시 이 아이를 사랑해 줄 수가 없었다고 합니다. 이렇게 나고 자란 아이는 이 세상을 힘들게 살아가게 됩니다. 어떤 아이든 어렸을 때는 부모님의 조건 없는 사랑을 받아야 합니다. 조건부로 아이를 사랑한다거나 아이를 미워하면 이 아이들은 커서 누구에게도 엄마가 주는 사랑을 받지 못해 매우 우울하고 분노에 차서 생활하게 되는 것입니다. 우리 어머니는 넷째 남동생이 태중에 있을 때의 고통을 잘 이겨 내고, 사랑으로 자녀를 대했기에 자녀가 어머니의 사랑을 깊이 느끼면서 살아갈 수 있었다고 생각합니다.

어머니의 돌봄으로 당당하게 성장한 막내

마음껏 자신의 요구를 표현하도록 하신 어머니

막내 남동생이 아주 어렸을 때의 일입니다. 어머니께서 아침 일찍 시장에 나가려고 하실 때 막내 남동생은 대로변에 앉아서 "십 원 내놔."라고 발을 구르며 울었습니다. 그러면 어머니는 가던 길을 멈추시고 동생에게 십 원을 주고 가셨습니다.

어머니는 아이를 절대 야단치지 않으시고, 어린아이들이 성장하면서 본능적으로 행동하는 것을 다 들어 주시고 사랑해 주셨습니다. 저는 피정을 지도할 때 신자들과 면담하면서 어린 시절에 부모로부터 받은 상처로 인해 어른이 되어서도 행복하게 살지 못하는 분들을 많이 만나게 되었습니다. 많은 사람이 어린아이 시절에 본능적인 요구를 충분히 표출하지 못하고 보살핌과 관심을 받지 못한 채로 성장하게 됩니다. 아이의 행동을 무작정 억제하고 혼을 내기보다는 우리 어머니가 자녀에게 하신 것처럼, 어린이가 어린이답게 놀고 감정을 분출하는 것을 가만히 기다려 주고 해소해 주며 사랑으로 보살펴 주는 것이 필요하다는 것을 절실하게 느낍니다.

손목 다친 아들을 돌보시는 어머니

어느 날 다섯째 남동생이 어머니에게 와서는 자신이 동네 아이와 싸웠는데, 그 아이 어머니가 자기 아들이 맞았다면서 자기 손목을 비틀었다고 말했습니다. 어머니는 그 이야기를 듣고 즉시 동생과 싸운 아이의 집으로 찾아가셨습니다. 어머니는 그 아이 어머니에게 인사를 하시고는 "제 아이를 데리고 병원에 좀 가 주셔야겠습니다."라고 말씀하셨습니다. 아이 엄마가 싫다고 거절하자 어머니는 그다음 날 아침 일찍 싸운 아이의 아버지에게 가서 "이 아이를 데리고 병원에 좀 가 주셔야겠습니다."라고 호소했습니다. 아이 아빠는 동생을 병원에 데리고 가기를 거부한 아내의 잘못을 타이르고, 막냇동생을 병원에 데리고 가서 치료를 받게 해 주었습니다.

어머니는 아버지가 돌아가신 후에 매일 그리고 온종일 광주리 장사를 하느라 매우 피곤하실 텐데도 저녁에 집에 오면 아이들이 잘 지냈는지 살피셨습니다. 그날 아이들에게 무슨 일이 있었는지 일일이 묻기도 하시고, 때로는 얼굴에 나타난 표정을 보고 알아차리시고는 그때그때 처리해 주셨습니다.

동생들은 온종일 있었던 일을 어머니에게 다 이야기했습니다. 어머니가 들으시고 부당한 처사가 있다면 꼭 그날 밤에 아이를 데리고 상대방 아이의 집에 가셨습니다. 그리고 상대방 아이의 부모와 아이를 만나 우선 아이에게 자초지종을 물으십니다. 만약에 제 동생이 잘못하지 않았는데 맞았다면 어머니는 그 부모와 아이에게 정중하게 사과하라고 청했습니다. 그렇게 해서 우리 동생들이 어머니의 보호 아래 당당하게 성장할 수 있게 도움을 주셨습니다. 어머니는 절대 우격다

짐으로 다른 사람들을 대하시지 않았습니다. 자녀에게도 늘 상황을 물어보고 모든 것을 다 들으신 다음에야 정당하게 권리를 주장하셨습니다.

막냇동생의 자전거를 되찾다

아버지가 돌아가신 후 제기동에서 살고 있을 때 문간방에 세를 놓았던 적이 있습니다. 그 세 든 집 부인의 남동생이 가끔 그 집에 찾아왔었는데, 어느 날 밤 12시가 넘어서 찾아와서는 문 앞에서 자기 조카 이름을 부르는 것이었습니다. 그 집에서 아무런 반응이 없자 그 사람은 돌아갔고 우리 가족도 잠을 잤습니다. 그런데 막내 남동생이 아침에 일어나 보니 우리 집 자전거가 없어졌다는 것을 알게 되었습니다.

아무리 찾아도 자전거가 없는 것을 알게 되신 어머니는 세 든 집 가족 부인에게 가서 "어제 남동생이 다녀가지 않았습니까?"라고 물었습니다. 그러자 세 든 분의 부인은 그렇지 않다고 말했습니다. 어머니는 "어제 남동생분이 밤늦게 조카 이름을 부르며 문을 두드리는데 못 들으셨나 봐요. 혹시 그동생분이 우리 아들 자전거를 가지고 가지 않았을까 합니다."라고 했습니다. 그러자 그 부인은 절대 그렇지 않을 것이라고 단호하게 말했습니다. 어머니는, 그렇다면 동생네 집에 가서 확인해 봐야겠다고 하셨고, 결국 그분과 함께 가서 보니 그 부인의 동생네 집에 우리 집 자전거가 있었습니다. 막냇동생은 저 자전거는 우리 것이고 박카스 박스도 우리 것이라고 외쳤습니다. 하지만 박카스 약병은 이미 다 팔아버린 상태였습니다. 세 든 분의 부인은 자신의 동생이 저런 행동을 할 줄은 전혀 몰랐다며 죄송하다고 사죄했습니다. 그러자 어머니는 경찰서에는 신고하지 않을 테니 앞으로 남동생분이 잘 살도록 인도해 주라고 말씀하시고 상황을 마무리 지으셨습니다.

3 장

따스하게, 때론
단호하게

어머니는 언제나 이웃을 자신처럼
사랑하고 모든 것을 내어 주며
넘치는 사랑을 베푸셨습니다.

이웃을 마음으로 돌보시는 어머니

6·25 사변과 어머니의 친절에 대한 보은

어머니는 누구에게나 친절하셨습니다. 그중에서도 특별히 나그네에게 더 많은 친절을 베푸셨습니다. 6·25 사변이 나기 전부터 한 시골 아낙네가 김과 미역, 건어물 등을 가지고 다니면서 행상을 하고 있었습니다. 이때는 아버지가 살아 계실 때입니다. 어머니는 늘 그분의 물건을 팔아주고 동네 아주머니에게도 소개해 많이 팔 수 있도록 도와주었습니다. 따뜻한 음식을 대접해 주기도 했습니다. 그 아낙네는 우리 집에 오면 오히려 자기네 집보다 편하다는 이야기를 스스럼없이 하곤 했습니다. 그렇게 가깝게 지내던 중 1950년 6·25 사변이 일어났습니다. 6·25 사변이 날 때 당시 우리 집은 아이가 여섯 명이었고 아버지 어머니까지 모두 여덟 식구였습니다.

우리는 그 당시 대전에서 살고 있었습니다. 어머니는 피난을 가기 위해 독을 땅에 묻고 집에 있던 쌀을 그 항아리에 넣었습니다. 큰아버지 식구와 함께 우리 일행도 괴나리봇짐을 지고 피난민 행렬에 끼어 남쪽을 향해 걸어서 내려가게 되었습니다. 큰 아버님 댁 식구가 여덟 명, 우리 식구 여덟 명이었는데, 이렇게 식구가 많다 보니 한참 가다가 식구들을 세고 또 한참 내려가다가 식구들을 세는 것을 반복했습니다. 피난길에서는 한 사람만 잃어버려도 다시는 찾을 길이 없다고 생각했기 때문입니다. 그렇게 계속 남쪽으로 내려가던 중 우리 집에서 물건을 팔던 아낙네의 동네를 우연히 지나가게 되었고, 얼마 지나지 않아 우리와 가깝게 지내던 그 아낙네를 만나게 되었습니다.

어머니는 "세상에 이럴 수가 있을까? 이런 곳에서 아는 사람을 다 만나다니…" 하며 놀라셨습니다. 그러자 그 아낙네는 아주 반가워하면서 "여기가 우리 집이려니 하시고 오랫동안 편안하게 머물다 가세요!" 하며 배려해 주어 많은 식구가 며칠 동안 편하게 지낼 수 있었습니다. 어머니는 그 집을 나오면서, 시골에서 그렇게 잘 사는 집 아낙네가 왜 그렇게 힘든 행상을 하고 다녔는지 이해가 되지 않는다고 하셨습니다. 어머니는 누구에게나 친절하셨기에 그 보은을 살아생전에도 받으시는 것을 볼 수 있었습니다. 어머께서 베푸신 이웃 사랑 덕분에 우리 가족이 위험할 때에 중요한 도움을 받을 수 있었고, 그로 인해 모두 무사히 살아남을 수 있었습니다.

피난길은 멀고 험했습니다. 걸어가면서 대포 소리도 듣고, 우리가 건넜던 다리가 폭격으로 무너지는 광경도 보았습니다. 부산으로 가려고 가족이 기차 지붕 위로 올라타며 애를 썼던 기억도 납니다. 우리는 모두 무사히 부산까지 내려갔습니다. 그곳에서 어머니는 팥죽 장사를 하며 생계를 이어 가기 위해 노력하셨습니다. 시간이 지나 전쟁이 끝나고 예전에 살던 대전 집에 와 보니 관사는 불에 다 타 버렸고 재만 남아 있었습니다. 이때 어머니가 항아리에 넣어 땅에 묻어두었던 쌀을 꺼내어 불에 탄 쌀을 골라내서 지으신 밥으로 식구들이 끼니를 해결했던 기억이 납니다. 어머니가 만일을 대비해 떠나기 전에 쌀을 묻어 놓는 지혜를 발휘하지 않으셨다면, 원래 살던 곳으로 돌아와서 온 식구가 굶주리며 어려운 처지에 놓였을지도 모릅니다. 어머니의 지혜와 사랑 덕분에 우리 가족을 비롯한 많은 사람이 곤경에서 벗어날 수 있었고, 살아갈 수 있었습니다.

다리 밑에서 떨고 있는 가족 돕기

어느 날 잘 차려입은 중년 부인이 와서 어머니를 찾았습니다. 그때 어머니는 시장에 가시고 안 계셨습니다. 우리는 무슨 일로 어머니를 찾아왔는지 물었습니다. 그 중년 부인은 어머니에게 감사의 인사를 드리려고 부산에서 왔다고 하며 이렇게 이야기했습니다.

"우리 집에 부도가 나서 온 집안 식구가 집에서 쫓겨나는 신세가 되어 온 가족이 제기동에 있는 한 다리 밑에 웅크리고 앉아 있었습니다. 그때 광주리를 이고 그 다리를 건너던 어머니께서 그 광경을 보시고는 곧바로 가까운 수녀원에 가셔서 쓰지 않는 담요와 요를 얻어 우리 가족에게 주셨습니다. 그때는 겨울이라 몹시 추웠고 바람까지 심하게 불어 고생이 말이 아니었는데 어머니께서 얻어 주신 그 담요와 요 덕분에 어린아이들을 돌볼 수 있었습니다."

그래서 부인은 몇 년이 지난 지금 그때의 은혜를 갚으려

일부러 부산에서 찾아온 것이라고 하셨습니다. 이런 일을 하시고도 말씀을 하신 적이 없기에 우리는 어머니가 무슨 일을 하셨는지 아무도 몰랐습니다.

폐결핵 환자에게 베푼 사랑

어느 날은 또 다른 어떤 부인이 와서 어머니를 찾았습니다. 어떻게 오셨느냐고 물으니 어머니께 감사드리려고 찾아왔다고 했습니다. 무슨 감사를 드리려는 건지 묻자 그분이 말하길, 자신이 폐결핵에 걸려 피를 토하며 아파했었는데 쏟아 놓은 피를 어머니가 손수 닦아주시고 집 안을 청소해 주셨으며, 함께 식사도 해 주시고 용기도 주셨다고 했습니다. 그때만 해도 폐결핵이 전염된다고 알려져 모두가 피하던 때였는데, 어머니는 그분이 폐결핵이라는 것을 알고도 피하지 않고 병원에 가서 진찰받고 약을 먹으면 낫는다면서 오히려 격려해 주셨다고 합니다. 그 사랑과 격려 덕분에 자신이 살게 된 것이고, 그 은혜를 갚으려고 이렇게 방문하게 되었다고 했습니다. 우리 형제들은 어머니가 이웃에게 우리 몰래 베푸신 크신 사랑에 또 한 번 놀라며 감탄했습니다. 어머니는 항상 많은 분의 아픔을 알아채시고는 그분들이 가장 필요로 하는 것을 들어 주셨으며, 사랑으로 보살펴 주셨습니다.

세를 살면서 주인집을 내 집같이

우리 가족이 판자촌에서 살다가 다른 지역으로 이사를 가 전세를 얻어서 살고 있던 때였습니다. 그때는 어머니가 구멍가게를 하셨습니다. 그런데 어느 날 그 집 주인 아주머니가 아주 편찮으셔서 오랫동안 병원에 입원했습니다. 그 가정에는 초등학교 다니는 아이들이 있었습니다. 어머니는 주인집 아이들이 학교 다녀오면 자식처럼 잘 돌봐 주셨고 아이들이 필요한 것을 제때 마련해 주셨습니다. 주인집 아주머니가 오랫동안 집을 비우니 장독대에는 구더기가 득실거리고 집안은 더럽고 냄새가 나기 시작했습니다. 이웃의 다른 분들은 집안을 더럽게 하고 산다고 서로 수군거리는데, 어머니는 누구에게도 말씀하시지 않고 그 집안을 깨끗하게 청소하고 정리하시고는 장독대의 구더기도 다 치워 주셨습니다. 주인

아주머니는 어머니의 공덕과 보살핌에 감동하셔서, 늘 고맙다고 인사하시곤 했습니다.

동업을 의리로 하면서

어머니는 아버지가 돌아가시고 생활이 어려워지자 동네 두 분의 아주머니와 함께 동업으로 장사를 시작하셨습니다. 세 분이 양은그릇을 머리에 이고, 깊고 깊은 시골에 물건을 팔러 다녔습니다. 그런데 어느 날 갑자기 두 사람이 안 보이고 어머니 혼자만 외딴 시골에 남게 되었습니다. 어머니는 배가 너무 고파서 뭐라도 먹고 싶었으나 두 사람이 없는데 혼자서만 먹으면 하늘이 내려다볼 것 같은 느낌이 들었다고 합니다.

이렇게 양심의 가책을 느끼신 어머니는 허기진 배를 끌어안고 두 분을 찾아 나섰습니다. 날은 점점 어두워져 길을 못 찾고 방황하고 있는데 한 할머니가 오셔서 어머니를 꽉 끌어안으시고 "이게 웬일이냐?"라고 하면서 어머니를 할머니 집으로 데리고 가셨다고 합니다. 할머니는 방에 불을 뜨끈뜨

끈하게 지피고 어머니에게 따스한 저녁밥을 지어 주면서 극진히 대접해 주셨습니다. 하지만 어머니는 그날 밤 불안해서 한숨도 못 주무셨다고 했습니다. '이분이 왜 이러실까? 무슨 마음으로 이렇게 나에게 호의를 베푸는 걸까? 내가 지금 잘못되면 자식이 8남매나 되는데 아이들은 어쩌나?' 하는 생각에 말입니다. 다행히 이것은 어머니 혼자만의 생각이었습니다.

다음 날 할머니가 오셔서, 6·25 때 잃어버린 딸이 온 것으로 착각하여 너무 반가워서 음식 대접을 한 것이라고 말씀하셨습니다. 이런 인연으로 그 할머니는 어머니가 가지고 있던 양은그릇을 모두 동네 사람들한테 팔아 주셨다고 합니다. 그 이튿날 사라졌던 두 아주머니가 돌아왔습니다. 그들은 몰래 나가서 둘이서만 술을 마시고 그 이튿날 어머니에게 돌아왔던 것입니다. 물론 양은그릇은 한 개도 못 팔았습니다.

그것을 본 할머니는 "저 이들은 질이 나쁜 사람들이니 다시는 저들과 동업을 하지 마라."라고 말씀은 하셨지만 두 분의 양은그릇도 동네에서 모두 팔아 주셨다고 합니다. 두 아주머니와는 달리, 보이지 않는 곳에서도 의리를 굳게 지키려고 밥조차 굶으시던 어머니였습니다. 예수님께서는 그런 어머니의 굳은 의리와 의지를 보시고, 당신의 사랑으로 어머니를 보살펴 주셨습니다.

성지 순례에 할머니들을 모시고

어머니가 다니시던 성당에서 성지 순례를 하러 간 적이 있습니다. 그런데 젊은 사람들은 다 버스에 태워 갔는데, 나이든 사람들은 모두 성당에 남겨 놓았습니다. 남겨진 노인들이 어머니께, 우리도 성지 순례 가고 싶으니 봉고차라도 한 대 불러 가면 안 되겠냐고 물었습니다. 어머니가 회장님을 찾아가서 자초지종을 말씀드리며 봉고차를 의뢰하니 회장님이 쾌히 승낙하여 봉고차로 노인들을 태우고 성지 순례를 갈 수 있었다고 합니다. 하지만 차량비는 자체적으로 해결해야 하기에 어머니는 노인들의 돈을 조금씩 걷어서 지급했고, 차를 대여해서 무사히 성지 순례를 마칠 수가 있었습니다. 차량비로 쓰고 남은 돈으로 음료수와 사탕 등을 사서 노인들에게 나눠 드리니 모두 기뻐하며 어머니에게 감사 인사를 드리셨다고 합니다. 어머니는 성당에서 성지 순례나 소풍을 갈 때마다 집에서 먹을 것을 손수 준비해 갔습니다. 그리고 빈약하게 도시락을 싸 오신 분들과 노인들, 아무것도 준비하지 않은 분들을 불러 모아 그분들의 사는 이야기나 힘들게 지내왔던 이야기를 들어주면서 식사를 함께 하곤 하셨다고 합니다.

어머니는 언제나 이웃을 자신처럼 사랑하고 모든 것을 내어 주고 극진히 돌보며 넘치는 사랑을 베푸셨습니다. 어머니야말로 예수님께서 말씀하시는 아버지의 뜻을 실천하신 분이심을 확신합니다. 예수님께서는 우리에게 이웃을 자신처럼 사랑하라고 하셨습니다. 이렇게 하느님의 뜻을 실천했을 때 우리는 모두 비로소 예수님의 형제가 되고 자녀가 될 수 있는 것입니다.

판자촌에서의 이웃사랑

한약을 달여 환자에게

어머니는 판자촌에 사실 때에, 어려움을 겪는 이웃들과 함께 사셨습니다. 가난하거나, 노쇠해 거동이 불편하여 아파도 병원에 갈 수가 없는 사람들이 많았습니다. 어머니는 틈틈이 이웃들의 집에 찾아가서 건강을 살피시고, 병원에 가야 한다고 생각되는 분들은 한의사 선생님에게 데리고 가서 진찰을 받도록 하셨습니다. 우리도 가난한 처지였기에 어머니는 한의사 선생님에게, 진찰비를 드리지 못하니 처방전을 써 주시면 고맙겠다고 말씀하셨습니다. 한의사 선생님은 어머니의 마음을 아시고 많은 환자를 무료로 진찰해 주시고 처방전을 어머니께 주셨습니다. 어머니는 그 처방전을 가지고 경동 시장에 가서 약재를 사다가 달여서 환자분들께 드렸습니다. 그리고 그 한약방에 돈을 드리는 대신 어머니와 잘 알고 지내시는 분 중에 생활이 넉넉하신 분들을 소개해 드렸다고 하셨습니다. 어머니는 이때도 광주리 장사를 하셨는데 장사로 바쁘신 와중에도 이렇게 많은 분께 도움을 드리며 사셨습니다. 이런 어머니를 보고 남을 돕는 것은 돈을 많이 가진 사람이 아니라, 돈이 없어도 마음이 예수님 같은 사람들이 하는 거라는 것을 알게 되었습니다.

냉방에 누워 계신 할머니

어머니는 이웃에 사는 할머니가 아프신 것을 알고는 가끔 방문해서 도움을 드리곤 하셨습니다.

어느 날 어머니가 그 할머니 댁에 방문하셔서, 이 추운 겨울에 어떻게 지내고 계시는지 묻자 할머니가 "추운 겨울에 어린아이와 장애인 아들이 냉방에 있습니다. 게다가 먹을 양식도 없어서 굶고 있습니다."라고 말했습니다.

그러자 어머니는 수녀원에 가서 먹을 것을 얻어다 드린다고 말씀하셨습니다. 수녀원에 가서 "수녀님, 어느 집에 사는 분들이 너무나 가난해서 먹을 것이 없습니다. 강냉이 죽과 덮을 수 있는 담요 같은 것 좀 주실 수 있으세요? 이 엄동설한에 불도 때지 못하고 끼니도 거르면서 사는 분들이 있어서요."라고 하니 수녀님께서 강냉이 가루와 담요를 주셨습니다.

그것을 가지고 가서 할머니가 말씀하신 집에 갖다주셨다고 합니다.

어머니는 일요일은 늘 장사를 나가지 않으셨습니다. 자식 걱정으로 늘 돈을 많이 벌어야겠다는 생각에 하루도 빠짐없이 나가 장사를 하셨는데, 어느 일요일에 모아 둔 돈을 모두 도난당했던 것입니다. 어머니는 이 일을 계기로 "일요일은 주님의 날이니 주님의 일을 하자. 일요일에 우리도 어렵지만, 더 어려운 동네에 가서 보살피자!"라는 결심을 하셨다고 합니다.

그리고 집에 와서 우리에게 어려운 이웃에 관한 이야기를 해 주곤 하셨습니다. 어머니는 우리가 사랑을 베풀어야 할 힘든 사람이 이렇게 많이 있다는 것을 늘 우리에게도 알려 주셨습니다.

강냉이 죽 표를 전달하다

1960년대 초반은 서민들 대부분이 먹을 것이 부족하여 많은 어려움을 겪던 시대였습니다. 그 당시 성당에서 강냉이 죽을 11시경에 나누어 주었는데, 줄을 서서 기다리는 사람들이 너무 많아서 끝이 보이지 않을 정도였습니다. 그래서 성당에서는 어려운 사람들을 직접 찾아가 강냉이 죽을 나누어 주려고 했습니다. 어느 날 수녀님이 어려운 사람들을 찾아가 강냉이 죽을 나누어 주어야 하는데 어떻게 하면 좋을지 어머니에게 물으셨습니다.

어머니는 "저에게 표를 주시면 불쌍한 사람을 찾아서 전달해 주겠습니다!" 하시고는 강냉이 죽 표를 수녀님으로부터 받고 나와 그다음 날부터 그 표를 나누어 주었습니다.

어머니는 매일 아침 9시부터 집 밖에 나가서 각 가정을 돌아다니면서 "아침 잡수셨습니까?"라고 물어본 다음 그 집의 솥뚜껑을 열어보고 밥을 지은 흔적이 있으면 인사를 하고 그냥 나오시고, 솥뚜껑을 열어 보아 밥을 지은 흔적이 없는 집에는 강냉이 죽 표를 전달해 주는 방법으로 표를 나누어 주셨습니다.

동네 사람들은 "우리가 표를 더 잘 돌릴 수 있는데 대체 왜 저 여자에게만 표를 나누어 주는 거지? 잘 입고 잘 사는 사람은 표를 주고, 헐벗은 사람들은 왜 안 주는 거야? 미친 여자가 아무것도 모르면서 아무에게나 표를 주고 다닌다!"라고 하며 어머니를 비난했습니다. 모두가 어렵게 살던 시기라 표를 받지 못한 사람들이 고함을 지르거나 때로는 덤벼들기까지 했습니다.

그럴 때면 어머니는 집으로 돌아와 우리에게 말씀하셨습니다. "내 고통은 아무것도 아니다. 오직 주님만이 이것을 아시기 때문에 참고 견디는 것이란다." 어머니는 각 가정을 돌아다니며 진정으로 가난한 이들에게 표를 주었기에 떳떳하셨습니다. 어머니는 옳고 좋은 일을 했음에도 불구하고 시기와 질투 때문에 누명을 쓰기도 했지만 오로지 하느님만을 바라보며 이 어려운 일을 다 해내고 이겨내셨습니다.

동네 반장을 하시다

하루는 동네 어르신들이 모여서 어머니를 두고, "그동안 지켜 보니 무척 사리 판단이 분명하고 경우가 밝은 분입니다. 이분을 우리 동네 반장으로 선출합시다!" 했습니다. 어머

니가 "말씀은 감사하지만 매일 장사를 해야 하기 때문에 도저히 반장은 하기 힘들 것 같아요"라고 말씀하셨지만 동네 어르신들은 "동네 반원들이 만장일치로 통과시켰으므로 반장을 하셔야 하겠습니다."라고 했습니다. 어머니는 "하는 수없네요. 반장의 일을 받아들여 최선을 다하겠습니다."라고 하며 반장 일을 맡으셨습니다.

그 당시에도 반 회비를 징수하였는데, 어느 날 어머니가 회비를 걷으려고 한 집에 들어가 보니 불을 켜지 않아 깜깜한 데서 부인과 아이들이 모두 누워 있었습니다. 그 부인에게 대낮인데 왜 이렇게 잠만 주무시냐고 물어보니 밥 지을 쌀이 없어서 이렇게 누워 있다고 하는 것이었습니다. 어머니는 부인의 대답을 듣자마자 반 회비 걷는 것을 뒤로하고 한걸음에 집으로 달려와서 국수를 가져다주셨습니다.

어머니는 "우선 이 국수를 끓여 먹고 남편이 집에 오면 또 끓여 주세요."라고 말하고 집에 오셨습니다. 사실 그 국수는 그날 저녁 우리 8남매가 먹을 양식이었습니다. 큰언니가 어머니에게 불평하자 어머니는 언니에게 "나는 신용이 있는 사람이니 외상으로 사 올 수 있지만, 저 사람들은 지금 당장 굶고 있지 않니?"라고 하셨습니다. 당장 굶주리는 사람들을 두고 볼 수 없으셨던 것입니다. 그 후 그 집은 거짓말처럼 형편이 나아져서 반 회비를 잘 내게 되었고, 반원 중에 반 회비를 내지 않는 사람이 한 명도 없었다고 합니다.

어머니는 항상 이웃들을 자세히 살피시며 당신이 하실 수 있는 일은 다 하려고 하셨으며 나눌 수 있는 것은 모조리 나누시는, 진정으로 예수님 마음으로 사시는 분이셨습니다.

고부간의 갈등을 해결해 주시다

이웃에 사는 할머니가 아들에게 "내가 살기에 불편하니 내 돈을 내놓아라! 그러면 내가 나가서 혼자 살겠다."라고 하셨다고 합니다.

아들과 며느리가 할머니에게 무엇이 그렇게 불편한지 알려 달라고 하자 솔직하게 다 말씀하셨다고 합니다. 할머니는 "너희들이 나갈 때 연탄불도 꼭 막아 놓고 나가고 용돈도 주지 않고, 게다가 이곳엔 친구도 없으니 내가 무슨 재미로 세상을 살겠느냐?"라고 말씀하셨습니다. 그러자 아들과 며느리가 "어머니께 돈을 드리면 나가서 살다가 돈을 다 쓰실 겁니다. 그러고 나서 빈 몸으로 돌아오시면 어떻게 하겠습니까? 우리 는 어머니 노후를 끝까지 책임져야 하므로 돈을 못 내드리겠 습니다!"라고 했다고 할머니가 어머니를 찾아와 말씀하셨습 니다. "아들과 며느리가 이렇게 나를 대하니 어떻게 하면 좋 겠소. 도무지 이 집에서는 살 수가 없습니다."라고 할머니가 말씀하시자 어머니는 할머니에게 "제가 직접 아들과 며느리 를 만나 보겠습니다"라고 하셨습니다.

어머니는 아들과 며느리에게 가서 말씀하셨습니다. "할머 니가 이 집을 나가서 사시더라도 부모와 자식 간의 정이 더 두터워지고 할머니도 마음 편하게 일생을 보내신다면 무엇 을 더 바랄 수 있겠습니까? 제가 천주교 신자로서 하느님께 맹세하겠으니 할머니에게 돈을 돌려주세요. 만약 돈을 드린 후에도 할머니가 다시 와서 이 집에서 살겠다고 하신다면 제 가 책임지고 해결하겠습니다. 그러니 나를 믿고 돈을 돌려주 세요!" 아들과 며느리는 "그럼 사모님만 믿고 돈을 모두 드리겠습니다!"라고 하며 할머니께 돈을 다 드렸습니다.

이 이야기의 경위는 이렇습니다. 우리 앞집에는 젊은 부부가 정답게 살고 있었는데 어느 날 시골에서 시어머니가 논밭을 모두 정리하고 올라오셨습니다. 모두 정리한 돈을 아들에게 주면서 같이 살자고 하여 그날부터 함께 살게 되었습니다. 그런데 함께 살다 보니 아들과 며느리 사이에서 불편한 것이 한둘이 아니어서, 아들과 며느리에게 솔직하게 말한 것이었습니다.

그래서 논밭을 정리해서 준 돈을 돌려달라고 한 것인데 아들이 말을 듣지 않자, 우리 어머니에게 이야기하셨고 그것을 어머니가 해결해 주신 것입니다. 할머니는 그 돈으로 조그만 방을 마련하고 혼자서 마음 편하게 사셨습니다. 마침 딸이 있어서 계속 보살피다가 돌아가실 때 딸의 집으로 가서 편안하게 임종을 맞이하셨습니다.

고마운 마음을 신학교 후원금으로

어머니는 어렵고 힘든 삶을 사시는 할머니들의 집을 자주 방문하셨습니다. 어느 날 한 집을 방문하여 "할머니, 몸은 괜찾으신지요? 빵과 우유 좀 가지고 왔습니다." 하고 말했습니다. 그러자 할머니가 "중풍 병으로 누워 있으려니까 너무나 힘이 드는데 이렇게 찾아와 주셔서 고맙기 그지없습니다. 사실은 내가 많이 먹으면 대변과 소변을 많이 보게 된다고 며느리가 음식을 줄여서 주니 너무 배가 고파 죽을 지경입니다. 너무나 배가 고파서 성모님께 기도를 드렸습니다."라고 하셨습니다.

어머니는 그 이야기를 듣고 집에서 나오다가 며느리를 만나셨습니다. 어머니는 그 며느리를 나무라지 않으시고 그저 "몸이 불편하신 시어머니를 간호하시느라 얼마나 고생이 많습니까? 참으로 애 많이 쓰십니다! 긴 병에 효자 없다고 하는데 정말 수고가 많으십니다."라고 말을 건네셨습니다. 할머니에게 드린 빵과 우유를 싼 봉지와 우유병을 가방에 담아서 나왔기에 할머니에게 먹을 것을 드린 것을 며느리는 눈치채지 못했습니다. 며느리를 나무라지 않으시면서, 몰래 할머니를 돌보아 주신 것입니다.

어느 날 다시 그 할머니의 집을 방문했을 때 직장에 다니던 아들이 몸져 누워 있었습니다. 어머니가 며느리에게 남편의 병이 무엇인지 물으시니 며느리가 당뇨병이라고 했습니다.

어머니는 "거동이 불편하신 시어머니가 누워 계시는데 남편까지 누워 있으니 너무나 고생이 많겠습니다. 기회 있을 때마다 기도하십시오. 오직 주님께서만 이 어려운 문제를 해결하실 수 있으십니다. 당신 혼자 기도하는 것보다 저와 함께 마음을 합쳐 기도하면 더 좋을 것입니다."라며 용기를 주셨습니다. 그뿐만 아니라 어머니는 "앞으로 제가 방문하지 않더라도 당신과 제가 꼭 하루에 한 번은 묵주신공(묵주를 가지고 성모마리아에게 드리는 기도)을 바칩시다."라고 말씀하셨습니다.

그 후, 몇 주가 지나 어머니는 장터에서 며느리를 만나게 되었습니다. 남편 야고보 형제는 어떤지 물으시니 며느리는, 남편이 '모두의 기도 덕분에 정상적으로 활동하면서 잘 지내고 있다고 참 감사하다고 전해 달라'고 했다고 말했습니다. 며느리가 자기 남편의 세례명을 어떻게 아셨느냐고 묻자 어머니는 자신이 기도해 주는 사람의 세례명을 모르면서 어떻게 기도를 하느냐고 웃으시면서, 자신의 셋째 딸과 세례명이 같은 며느리를 위해서도 늘 기도하겠다고 따뜻하게 말하셨습니다. 그 집 며느리는 "제 남편을 위해서 기도해 주시고 시어머니도 잘 돌봐 주셔서 너무나 고맙습니다. 어떻게 감사를 드려야 할지 모르겠습니다. 제가 대접을 해 드려야겠습니다."라고 하며 가게로 들어가서 음식 대접을 하려고 했습니다. 그러나 어머니는 이를 만류하시고는, 그 돈을 신학생을 위한 후원금으로 내는 것이 좋겠다고 말씀하셨습니다. 그 며느리는 어머니에게 감사를 표하며 그렇게 하겠노라고 말했습니다.

초상집 아낙네에게 도움을

어느 날 초상이 난 집의 아낙네가 갑자기 어머니를 찾아와서 통사정했습니다.

"어제부터 잠을 이룰 수가 없습니다. 지금 가진 돈이 없으니 세상을 떠난 남편의 장례를 어떻게 치를 수가 있을지 걱정이 태산입니다." 그러자 어머니는 "적은 돈이지만 이거라도 받아주세요."라고 하면서 주머니 속에 있는 돈을 다 내주셨습니다. 그리고 집에 와서는 "내가 돈이 더 있었으면 더 줬을 텐데 무척 아쉽구나!"라고 우리에게 아쉬움을 표현하셨습니다. 어머니는 연로하셨지만 레지오(가톨릭 평신도 사도적 단체 중 하나)도 하시고 반장을 맡아 하셨습니다. 어머니는 "성당에서 부자와 가난한 사람의 초상이 동시에 나면 부잣집의 장지에는 사람들이 미어지게 많이 가는 반면 가난한 사람의 장지에는 사람이 너무나 없다."라고 하면서 늘 가난한 사람들의 장지에 가곤 하셨습니다.

황소 걸음과 쥐 걸음

아버지가 돌아가시고 어머니 홀로 8남매를 키우고 계시던 어느 날이었습니다. 이웃집 아저씨가 우리 집 앞을 지나가면서 "나는 드문드문 걸어도 황소 걸음이지만, 여자들은 아무리 걸어 봤자 쥐 걸음이지. 황소 걸음인 나는 6남매를 잘 키울 수 있겠지만 쥐 걸음의 자식들은 8남매나 되는데 어떻게 키울까?" 하며 어머니를 비웃으며 지나가곤 했습니다.

황소 걸음 아저씨는 우리 집 앞에서 그 말을 세 번이나 하고 지나갔습니다. 이 말을 들은 어머니는 조용히 그분을 불러 세우시고 다음과 같은 말씀을 하셨습니다.

"쥐 걸음이 황소 걸음에게 돈을 달라고 했습니까, 쌀을 달라고 했습니까? 어찌하여 함부로 그런 무례한 말씀을 하시오?"라는 어머니의 말씀을 듣고 그는 아무 말도 못 하고 묵묵히 자신의 집으로 갔습니다.

그런 일이 일어나고 한 달이 채 되지 않았을 때 '황소 걸음' 아저씨의 부인이 갑자기 찾아와서는 "우리 딸이 죽어가고 있으니 제발 좀 오셔서 돌봐 주세요."라고 말했습니다. 어머니가 두말하지 않고 바로 그 집을 방문해서 보니 그 딸은 폐렴을 앓고 있었습니다. 폐렴은 숨으로도 옮고 닿아도 옮습니다. 그래서 그 집의 가족들도 전염될까 벌벌 떨면서 폐렴 환자인 딸의 옆에 가기를 주저했습니다.

어머니는 "병자를 위한 기도를 합시다. 대야에 물을 떠다 주세요."라고 하며 수건에 물을 적신 다음 그 딸의 얼굴을 깨끗이 씻어 주셨습니다. 앓고 있던 딸이 그런 어머니의 모습을 보고는 자기 어머니에게 "저도 하느님을 믿겠습니다." 했습니다. 어머니가 그 집 딸에게 "하느님 나라를 원합니까?" 하시자, 그 딸은 고개를 끄덕이면서 간절히 원하는 표정을 지었습니다. 어머니는 그다음 날 수녀님께 말씀드렸습니다.

수녀님은 직접 오셔서 그 환자에게 대세(사제를 대신하여 대신 세례를 주는 일)를 주었습니다. 황소 걸음 아저씨의 부인이 어머니에게 와서는, 자신의 딸이 위독한 것 같으니 한 번만 더 와서 봐 달라고 청했습니다. 어머니는 그 가족에게 당신들의 딸이 곧 세상을 떠날 것 같으니 임종을 잘 할 수 있도록 함께 기도를 드리자고 하시며 환자의 눈을 감겨 주셨습니다. 어머니께서 그러는 동안, 황소 걸음 아저씨의 부인은 무서워서 자기 딸의 뒷모습을 보며 방 한구석에 서 있었습니다. 이렇게 시체를 방안에 방치한 채 하룻밤을 지냈습니다.

황소 걸음 아저씨의 부인이 어머니에게 와서는, 염치가 없지만 장례를 치르려고 하니 돈이 없다고 말했습니다. 어머니는 장사하려고 얻어 놓으셨던 일숫돈에서 만 원을 꾸어 주고는, 우선 장례를 치르고 나중에 갚으라고 말하며 선뜻 도와주셨습니다. 그러나 그 집에서 장례를 다 치른 지 한참이 지났는데도 돈을 갚지 않았습니다. 그 돈은 일숫돈이라서 100일 동안 분납을 해야 하는 돈인데 그 일수가 지나도록 갚지 않는 것이었습니다. 어머니는 하는 수 없이 돈을 빌려 간 '황소 걸음' 아저씨의 집을 찾아가서 말씀하셨습니다. "쥐 걸음에게 빌려 간 돈을 이제는 갚아야 하지 않겠습니까?"라고요.

결국 빌려 간 돈을 받을 수 있었습니다. 우리 어머니를 볼 때마다 황소 걸음을 외치던 그 남편은 그 사건 이후로 어머니를 보면 고개를 푹 숙이고 다니기 바빴고, 그의 부인은 어머니를 볼 때마다 고맙다는 인사를 잊지 않았다고 합니다.

외로운 할머니의 벗이 되어

어머니는 아무도 모르게 어느 할머니의 집을 자주 방문해서 살펴보셨습니다. 그 할머니는 젊은 아들과 아들의 동거녀와 함께 살고 있었습니다. 방이 세 칸인데 하나는 아들의 동거녀가 쓰고 다른 방은 할머니 혼자 썼으며, 남은 방은 세를 주었습니다. 그런데 할머니는 방에 땔 연탄이 없어서 엄동설한에도 냉방으로 지내고 있었습니다. 다른 자식들도 있었으나 자식들이 할머니께 돈을 드리지 않았기 때문에 경제적으로 어려움을 겪고 계셨던 것입니다. 어머니는 할머니에게 이렇게 추운 방에서 어떻게 생활하느냐고 말씀하시며 연탄을 사서 때시라고 5천 원을 드렸습니다.

그러자 할머니는 "이렇게 매번 신세를 져서 어떻게 하지요? 사실은 나에게 두 딸이 있는데 늘 잘 돌보아 주었지요. 그런데 사위들이 친정에 너무 자주 간다고 화가 나서 멀리 이사해 버리는 바람에 이젠 딸들이 거의 오지 못하게 되었답니다."라고 말했습니다. 어느 날 그 할머니의 두 딸이 우리 어머니를 뵈러 와서는 "우리 어머니께서 사모님이 천주교 신자인 것을 아시고 나서는 저를 볼 때마다 늘 사모님에 관한 말씀을 해주셨어요. 이웃의 어려움을 항상 살피시고 제 어머니의 손도 잡아 주시면서 진실로 사랑을 베풀어 주신 분이시라고요. 그런 분이 성당에 다닌다고 하시니, 새삼 천주교 신자분들을 다시 보는 계기가 되었어요." 하며 우리 어머니께 깊은 감사의 뜻을 표했습니다.

대세를 드리다

이웃집에 사는 어느 부부 중 남편 되는 사람이 부인에게 성당을 다니고 싶다고 말하니, 그 부인이 "죄 많은 당신이 어떻게 성당에 가겠어요?"라고 하면서 핀잔을 주었다고 합니다.

사실, 그 이웃집 남자는 예전에 첫 번째 부인을 내쫓았던 적이 있었습니다. 지금 함께 사는 사람은 두 번째 부인이었던 것입니다. 그래서 예전의 잘못으로 인한 마음의 빚이 평소에도 매우 심했다고 합니다.

그러던 어느 날 그 남자의 둘째 부인이 어머니를 찾아와서는 "우리 남편이 매우 아픕니다. 거의 죽음을 앞두고 있습니다."라고 했습니다. 어머니는 그 부인에게, "제가 대세를 드릴 테니 걱정하지 마세요."라고 말하며 위로해 주고 안심시켜 주셨습니다. 어머니는 부인의 남편에게 대세를 주시고 성당에 알리셨습니다.

대세를 받은 지 얼마 되지 않아서 그 이웃집 남편은 세상을 떠났습니다. 동네 어르신들은 모여서 "저렇게 가난한 집의 어른이 돌아가셔서 수의도 준비할 수 없으니 딱한 노릇이네. 평상시 입던 바지와 저고리를 입혀서 입관할 수밖에 없겠어." 라고 말했습니다. 이웃집 둘째 부인이 "우리가 가난해서 장례를 치를 수가 없습니다. 이제는 어떻게 하면 좋을까요?" 하고 어머니에게 물었습니다. 그러자 어머니는 말했습니다.

"그래도 8남매의 아버지로 살아가시던 분입니다. 한번 가면 다시 오지 못하는 길을 가시는데 어찌 그렇게 참혹하게 보낼 수가 있겠어요. 산 사람은 어떻게 해서든지 살아가지만, 나중에 자식들이 아버지를 돌이켜 생각한다면 영원히 가슴에 한이 맺힐 것입니다. 지금 당장은 어렵고 고통스러워도 돌아가신 분을 잘 모셔야 합니다. 먼 훗날 자식들 마음속에 천추의 한으로 남는 일이 없도록 하셔야 합니다!"

이웃집 둘째 부인이 "맞는 말씀이세요. 제가 있는 돈, 없는 돈을 다 털어서 삼베 옷감 살 돈을 마련해 보겠습니다!" 라고 하자 어머니는 "돈이 마련되면 직접 시장에 가서 옷감을 사 오겠습니다. 수의 바느질은 우리 집에서 해요. 도움을 주시는 분들께는 음식 대접도 해 드리겠습니다."라고 하셨습니다. 어머니는 성당에 다니는 분들께 수의 만드는 일을 도와주기를 청하셨고, 그분들이 수의를 만드는 동안 음식 대접까지 해 주면서 수의를 마련하셨습니다. 또한, 입관해야 하는데 입관할 사람이 없다고 하여, 성당에서 종을 치는 분을 모셔다가 수의를 입혀 입관을 시작했습니다. 입관을 마치고 그 집 아들들과 우리 가족, 친구들이 모두 와서 한마음 한뜻이 되어 합심해서 관을 들고 나갔습니다. 이를 지켜본 동네 사람들이 모여서 어머니의 자식들이 궂은 일도 마다하지 않는 것을 보니 기특하다고 입을 모아 칭찬했습니다.

어린아이의 마음을 헤아리시다

아이를 귀하게 여기며

어머니는 식품과 과일을 파는 구멍가게를 하신 적도 있습니다. 노인부터 젊은이들 그리고 어린아이들까지 구멍가게를 이용했습니다. 가끔 어린아이들이 와서는 몰래 물건을 훔치곤 했습니다. 어머니는 그런 모습을 보시고도 아이들에게 야단을 치거나 무안을 주거나 엄마한테 말한다는 이야기를 하지 않으시고, 오히려 그 아이들의 마음을 헤아리시면서 "훔치지 않아도 되니까 그냥 달라고 하면 된다."라고 다정하게 말씀하셨습니다. 어머니는 어린아이들을 매우 귀하게 여기셨

기 때문에 아이들이 오면 남는 과일을 하나씩 나누어 주곤
하셨습니다. 당시만 해도 과일이 귀했던지라 아이들은 가게
를 들르거나 지나갈 때 부모님과 함께 있더라도 부모에게 말
하지 않고 과일을 몰래 혼자 먹어버리곤 했습니다.

그러던 어느 날, 어머니 가게에 자주 오던 아이가 친척 집에 가는 길인지 잘 차려입고 엄마 손을 다정히 잡고 가게 앞을 지나갔습니다. 그러고는 규모가 큰 과일가게에 가서 과일을 사려고 하자, 그 아이가 울면서 부모님의 손을 잡고는 우리 어머니 가게로 끌고 왔습니다. 그 아이는 자신에게 잘해 주는 어머니 가게에서 과일을 사지 않고, 왜 알지도 못하는 집에서 과일을 사느냐고 생각했던 모양입니다.

아이 때문에 발길을 돌려 우리 가게에 와서 과일을 사면서 아이 엄마가 "아니, 도대체 우리 아이에게 어떻게 대해 주셨기에 꼭 이 집에서만 과일을 사야 한다고 하는지 모르겠어요."라고 우리 어머니에게 말했습니다. 그러자 어머니는 "아이들이 오면 모두 내 자식처럼 귀하게 여길 뿐이지요."라고 하셨습니다. 그러고는 아이의 머리를 쓰다듬으며 미소를 지으셨습니다. 어머니가 아이들의 마음을 헤아리면서 아이들이 주눅 들지 않게 하면서도 진정으로 사랑해 주는 것을 아이들도 알아채는 것 같았습니다.

어머니는 어린아이들은 천진난만하지만 자기를 싫어하거

나 미워하는 사람들은 즉각적으로 알아본다고 이야기하셨습니다. 그래서 예수님께서도 천진한 어린아이와 같이 되지 않으면 하늘나라에 들어가지 못한다고 말씀하신 것입니다. 어린아이들은 예수님의 사랑을 진정으로 느끼고, 순수한 마음으로 예수님께 기도드릴 수 있기 때문입니다. 우리도 어린아이와 같이 하느님께 다가가면 하느님께서는 모든 것을 다 주실 것입니다.

철없는 아이들을 돌보심

어느 날 한 아이가 큰돈을 한 장 들고 와서 액수대로 과일을 달라고 했습니다. 어머니는 의아해하시며 아이의 손을 잡고 그 아이의 집으로 함께 가서 아이 엄마에게 물어보셨습니다. "왜 아이에게 이렇게 큰돈을 주었습니까?" 그러자 아이 엄마는 깜짝 놀라면서 아이를 야단치고는 어머니에게 고맙다는 인사를 수도 없이 했습니다. 어머니는 아이를 야단치지 말라고 하시며 어린아이들은 아직 아무것도 분별할 수가 없으므로 야단치지 말고 조용하게 타일러 주어야 한다고 말하셨습니다.

며칠 후, 중국 음식점을 하는 집 아이가 큰돈을 가지고 와서 물건을 달라고 했습니다. 어머니가 이번에도 그 아이의 손을 잡고 중국집에 가 보니 그 집에서는 한바탕 난리가 나 있었습니다. 종업원이 받아온 돈을 책상 위에 올려놓았는데 감쪽같이 없어져 주인이 도둑을 맞았다며 소란을 피우고 있던 것입니다. 어머니가 어린아이의 손에 쥐어진 돈을 보여 주면서 "찾는 돈이 이 돈입니까?"라고 하니 주인은 깜짝 놀라며 아이를 야단치려 했습니다. 그때 어머니는 주인에게 조용히 말씀하셨습니다.

"너무 야단치지 마세요. 그 아이는 아직 자기가 한 행동에 대해서 잘 알지 못하는 나이입니다. 그러니 너무 아이의 기를 죽여서는 안 됩니다."

주인은 감사의 인사를 여러 번 되풀이했습니다. 어머니의 선행으로 인해 종업원 두 명은 애꿎은 누명을 벗을 수 있었습니다.

어린아이들은 즐겁게 놀고 어디에서 어떻게 지내든지 천진

하고 기쁜 마음으로 살게 해야 합니다. 아무것도 모르는 아이들이 작은 실수를 했을 때도 이 아이들의 마음을 헤아려 주면서 조용하게 타일러야 합니다. 매를 들거나 심한 말을 해서 아이들의 고운 마음을 다치게 해서는 안 될 것입니다.

막무가내로 따지고 드는 여인에게 침착하게

어느 날 한 여인이 시장에서 어머니에게 물건을 사고는 "왜 나에게 거스름돈을 주지 않아요! 왜 남의 돈을 감쪽같이 잘라먹어요? 못된 사람이야, 돈을 벌려면 곱게 벌어야지!"라며 많은 사람 앞에서 큰 소리로 호통을 쳤다고 합니다. 시장에 장을 보러 오신 분들과 가게에서 물건을 파는 많은 분들이 "저것 좀 봐요. 또 싸움이 벌어지겠군."이라고 수군거리며 시장 한복판에 모여들기 시작했습니다.

어머니는 당황하지 않으시고 조용하게 그 여자분에게 "진정하시고, 당신 잔돈을 넣은 그 지갑을 한번 열어 보세요!"
라고 하셨답니다. 그 여인은 좋다고 하며 자신 있게 지갑을
열어 보았습니다. 그 지갑 속에는 동전이 들어 있었습니다.
여자는 깜짝 놀라서 어쩔 줄을 몰라 당황하며 미안하다고
하고는 황급히 군중 속으로 사라졌습니다. 주위에 있던 사람
들은 싸움이 일어날 줄 알았는데 싱겁게 끝나버려서 하나둘
씩 흩어졌다고 합니다.

돈을 갚지 않는다고 억지를 쓰는 분에게

어머니가 잘 아는 분에게 돈을 빌린 적이 있었습니다. 그
분에게 빌린 돈은 이미 갚았는데, 어머니에게 와서 왜 빌린
돈을 갚지 않느냐고 큰소리치면서 야단법석을 떨고 있었습
니다. 어머니는 이분에게 조용하게 말하기 시작했습니다. 언
제 어디서 얼마를 갚았다고 하며 자세히 생각해 보라고 권
하셨습니다. 상대방은 나이가 들어서인지 기억을 잘 하지 못
해 계속 어머니를 못살게 굴었습니다.

어머니는 시종일관 조용하게 다시 생각해 보라고 권하기

만 하셨습니다. 얼마 동안 그렇게 시끄럽게 하더니 드디어 생각해 내시고는 어머니에게 미안하다고 말했습니다. 어머니는 평소에도 좀처럼 화를 내지 않으셨습니다. 그리고 무조건 당신이 옳다고 주장하지도 않으셨습니다. 당신이 옳다는 생각이 드시면 당신의 의지를 굽히지 않고 조용하게 기다리며 상대방이 기억이 나거나 인정할 때까지 참고 견디셨습니다.

이런 때도 있었습니다. 어느 날 물건을 팔고 있는데 물건을 사고는 돈을 내지 않는 분이 있었습니다. 어머니는 이분에게 물건값을 왜 주지 않느냐고 따지지 않고, 조용하고 친절하게 물어보셨습니다.

"계산하는 것을 깜빡 잊으신 것 같은데요?"

그 손님은 "아이고, 내 정신 좀 봐, 깜빡 계산을 안 했군요!"라며 정말로 미안해하면서 잔금을 치르고 그다음부터는 단골손님이 되었습니다.

무례한 사람에게는 당당하고 지혜롭게

어머니가 시장에서 물건을 팔고 있는데 어느 신사가 어머니 앞에 오더니 "아줌마, 그거 얼마야? 좀 담아 봐!"라며 무례한 태도로 반말을 하면서 물건을 주문했습니다. 어머니는 그분을 똑바로 바라보면서 그분에게 말씀하셨습니다.

"도지사도 죽으면 그 도지사 부인이 시장 바닥에 나와서 나처럼 장사를 할 수 있고, 당신도 죽으면 당신 부인이 시장 바닥에 나와서 나처럼 장사할 수도 있어요. 그렇게 함부로 말하는 것은 무례한 행동입니다."

차분하고 단호하게 말씀하시니 그 신사는 얼굴이 빨개지면서 "죄송합니다! 죄송합니다!"를 연발하며 물건을 사 들고 꽁무니가 빠져라 줄행랑을 쳤다고 합니다.

또 한번은 어머니가 동대문 시장에서 장사하실 때 작대기를 가지고 다니면서 물건이 든 바구니를 툭툭 치며 장사를 못 하게 하는 관리인이 있었습니다. 어머니의 물건이 가득 담긴 광주리를 그 사람이 작대기로 치는 바람에 물건이 사방으로 굴러떨어졌습니다.

어머니는 아무 말도 하지 않으시고 그 물건 하나하나를 다시 광주리에 주워 담으셨습니다. 그 관리인이 어머니의 행

동에 양심의 가책을 느꼈던지, 돌아와 사과했습니다. "미안합니다. 나도 이것이 직업이라 어쩔 수 없네요!"

그때 어머니는 "어찌 이것이 당신 잘못이겠어요. 개천에 눈먼 봉사가 빠지면 개천이 문제가 아니라 눈먼 봉사가 문제지요!"라고 말씀하셨습니다.

우리는 이 세상을 살면서 서로에게 상처를 주면서 사는 경우가 많습니다. 그것도 자신의 약함에서 오는 경우가 많습니다. 각자 모두 자신의 권리를 주장할 수 있습니다. 그런데 그 권리를 주장하느라 다른 사람들을 업신여기고 부당하게 행동할 때 우리는 그들과 어떻게 관계를 맺어야 할지 고민하게 됩니다. 어머니는 당신께 부당한 대우를 하는 분들에게 겸손하면서도 당당하게 권리를 주장하셨습니다.

불의에 행동으로 맞서시는 어머니

일제 강점기, 일본인에게 당당하게 맞서다

마음씨가 고약한 일본인이 우리 집 근처에서 살고 있었습니다. 그 일본인은 마을 사람들이 자기 집 앞을 지나갈 때 그 길이 자기 땅이라고 우기며 지나가지 못하게 했습니다. 마을 사람들은 그 일본인한테 말 한마디도 하지 못한 채 멀리 돌아서 다녔습니다. 이를 보다 못한 어머니가 그들에게 "제가 이 일을 알아서 처리할 테니 당당히 그 길로 그냥 다니세요!" 하시니 모두 어머니를 믿고 그 길로 지나다녔습니다. 이렇게 모든 사람이 돌아서 다니지 않고 곧바로 가니까 그 일본인은 어머니의 기에 눌려 더 이상 말하지 못했다고 합니다. 어머니는 이렇게 서슬이 퍼런 일제 치하에서도 늘 약자의 편에 서서 정의롭게 행동하며 말과 행동을 당당하게 하셨습니다.

그리고 1940년 아버지가 살아 계실 때의 일입니다. 아버지는 학교 선생님이셨기에 한 달에 세 번 정도는 숙직하셨습니다. 그날도 아버지는 숙직 당번이라 학교에 가셨고, 어머니는 큰딸과 큰아들, 작은아들을 나란히 눕히고 곤히 잠이 드셨습니다.

그런데 갑자기 미닫이문이 열리는 것 같은 이상한 느낌이 들어 눈을 떠보니 건장한 일본 사람이 웃옷을 벗고 있었습니다. 어머니는 순간 깜짝 놀라셨지만 이내 냉정함을 되찾으시고 머리맡에 놓아두었던 대나무 빗자루(아버지가 계시지 않을 때 항상 준비해 두었다고 함)를 높이 들어 온 힘을 다해 그 일본인의 어깨를 힘껏 내리쳤습니다. 어머니가 얼마나 세게 때렸는지 그 일본인이 고통을 참지 못하고 웃옷을 벗은 채로 비명을 지르면서 정신없이 뛰쳐나갔다고 합니다.

그 일본인 남자가 옆집에 사는 일본인 형사라는 것을 아신 어머니는, 뜬눈으로 밤을 지새우다가 날이 밝자 곧바로 그 일본 형사 부인에게 찾아가서 간밤에 일어난 일들에 대해 자초지종을 이야기하며 경찰서에 가서 고발 조처를 해야겠다고 말씀하셨습니다. 그 일본 남자는 자기 부인으로부터 그 이야기를 전해 듣고는 겁에 질린 모습으로 아버지가 계신 학교로 찾아와서 어제 술김에 여관인 줄 알고 착각을 하여 댁에 무단침입을 한 것이니 제발 용서해 달라고 빌었다고 합니다. 만일 용서해 주지 않으시면 자기는 직장에서 파직을 당할 것이니 부디 살려달라고 애원을 하기에 아버지가 보기에도 측은한 생각이 들어서 용서해 주기로 했습니다.

그 일본 사람은 대나무 빗자루로 얻어맞은 어깨 부위가 부어올라 여러 날을 고통 속에서 지내야 했다고 합니다.

억지 부리는 일본인을 준엄하게 꾸짖으신 어머니

어느 날 아침, 갑자기 일본인 치과 의사가 우리 집에 쳐들어와서는 기세가 등등하게 호통을 쳤습니다.

"당신의 큰딸이 토마토 8그루를 뽑고 4그루를 짓밟아 놓았으니 당신이 대신 나에게 싹싹 비시오. 만약 빌지 않으면 경찰서에 고발하겠소!"

어머니는 어이가 없어서 한참을 생각하고 나서 그 치과 의사에게 물어보았습니다.

"우리 큰딸이 당신네 토마토 8그루를 뽑는 것을 당신 눈으로 직접 보았습니까?"

일본인 치과 의사가 말했습니다.

"직접 보지는 않았지만, 그 아이 짓이 틀림없소!"

일본인 치과 의사는 증거도 없이 의기양양하게 단정 지어 말한 것이었습니다.

이 일로 옥신각신하고 있는데 마침 순사 한 사람이 지나가기에 어머니는 당당한 태도로 순사에게 말했습니다.

"이 사람이 갑자기 찾아와서는 제 딸이 토마토를 뽑았답니다. 진실을 밝히기 위해 경찰서에 가야 하겠습니다."

치과 의사는 이렇게 말씀하시는 어머니의 당당함을 보면서 자신 없는 표정으로 슬그머니 자리를 피했습니다.

그날 저녁에 아버지가 퇴근하고 돌아오셨을 때 일어났던 일을 모두 이야기했습니다. 아버지께서 다 들으시고는 바로 그 길로 일본인 치과 의사의 집에 가서 차근차근 다음과 같이 말했습니다.

"우리 아이가 토마토 나무를 부러뜨렸으면 얼마든지 변상할 수 있습니다. 하지만 남의 부인에게 어찌 이렇게 무례하게 행동할 수가 있습니까? 당신 같으면 당신 부인이 다른 남자로부터 수모를 당하면 가만히 있겠어요?"

이 말에 일본인 치과 의사는 "제 실수입니다. 죄송합니다." 하며 얼굴이 새파랗게 질려 어쩔 줄 몰라 쩔쩔매면서 자신의 잘못을 사과했습니다. 어머니는 "앞으로는 일본인이라고 하여 한국 사람을 너무 업신여기지 마세요. 일본 사람이나 한국 사람이나 정의롭게 사는 사람의 편에 법이 있다는 것을 명심하시기 바랍니다. 그리고 경찰서도 너무 좋아하지 마세요. 경찰서는 당신같이 부도덕한 사람이 잡혀 가기에 딱 좋은 곳이라는 것도 기억해 두시고요."라고 말했습니다. 이렇게 어머니는 일본인 치과 의사에게 따끔하게 일침을 가하셨다고 합니다.

일제 앞에서 한국인의 품위를 지키심

가을이 되어 학교에서 일하는 사람이 김장거리를 손수레에 가득 실어 왔습니다. 학교에서 무상으로 주는 배추였는데 한국 사람들에게 주는 배추는 너무 형편없었습니다. 자존심이 몹시 상한 어머니가 단호한 목소리로 "그냥 도로 가져가세요!"라고 하자 그 사람이 다시 가져가서 아주 좋은 새 배추로 바꿔 주었다고 합니다. 나중에 이 사실을 안 한국인 선생님들의 부인들이 "사모님은 어떻게 새 배추를 얻으셨습니까?" 하고 물었습니다. "우리 땅에서 난 배추가 좋은 것도 많은데 왜 상한 배추를 먹습니까? 차라리 먹지 않고 말겠습니다."라고 했다는 말에 부인들이 어머니의 두둑한 배포와 당당함에 모두 놀랐다고 합니다. 어머니는 일본인들이 한국 사람들을 무시하고 하는 행동이라는 것을 알고 이렇게 당당하게 권리를 주장하신 것입니다.

또한, 어머니는 일본인들이 우리나라를 지배할 때 일본말을 하나도 배우지 않으셨다고 합니다. 일본인 여자들이 자기 남편을 따라 한국에 들어와 관사에서 한국인들과 같이 살았습니다.

이웃집에는 일본인들이 살고 있었습니다. 어머니는 자녀들에게 "절대 저 이웃집, 일본 사람들이 사는 곳에 들어가서 기웃거리지도 말고 쳐다보지도 마라."라고 교육하셨습니다. 그 시절은 목욕탕을 함께 쓰던 때였습니다. 문이 각각 다르기에 그 집안도 볼 수가 있고 그 집에서 우리 집안도 볼 수가 있었습니다. 그런데 그 집에서는 늘 맛있는 음식을 차려놓고 문을 항상 열어 놓고 살았습니다. 어머니는 저 집이 왜 문을 매일 활짝 열어 놓을까 생각하면서 아이들에 대해 테스트를 하는가 보다, 짐작하시고는 우리에게 그 집 문간에는 얼씬도 하지 못하게 했습니다. 세월이 어느 정도 흘렀을 때 그 일본인은 어머니에게 다음과 같이 말했다고 합니다.

"한국 사람은 모두 도둑놈, 사기꾼인 줄 알았습니다. 그런데 한국 사람도 계층이 있고 교양이 있는 분도 계신다는 것을 알게 되었습니다. 사모님을 접하고 보니 자녀 교육도 우리

일본 사람보다 훨씬 더 잘하시고 아이들이 남의 집에 기웃거리지 않고 먹을 것도 탐내지 않는 모습을 보았습니다. 아이들을 참으로 바르게 키우시는 분이라는 것을 알게 되었습니다." 어머니뿐만 아니라 아버지도 일본인들에게 예의를 깍듯이 지켰습니다. 부모님은 일본인에게 흠 잡힐 일을 전혀 하지 않으셨습니다.

국어책을 장롱 속에

아버지께서 학교에 근무하실 때는 일본인들이 우리나라를 지배하던 때였기에 학교 관사에 살던 분들은 대부분 일본 사람들이었습니다. 아버지는 어느 날 "학교에서 국어 교과서는 못쓰게 하니 어떻게 하지?"라고 어머니에게 말씀하셨습니다. 어머니는 "그 책을 다 집으로 가지고 오셔요."라고 말씀하셨습니다. 어머니는 아버지가 가지고 온 책을 장롱 밑에다 숨겨 놓았습니다. 1945년 8월 15일 해방이 되고 나서 그 교과서를 꺼내 다시 사용할 수 있었다고 합니다. 어머니는 일제 강점기에도 일본어를 배우지 않으셨습니다. 그런데도 일본 사람들이 놀랄 정도로 당당하고 현명하게 대처하시며 이분들의 악행을 헤쳐 나가셨습니다.

예수님께서도 부당하게 행동하는 경비병들에게 따지셨습니다. "내가 잘못한 것이 있으면 증거를 대 보이라."고 하시며, "옳게 이야기하였다면 왜 나를 치느냐?"라고 당당하게 항의하셨습니다. 우리 어머니도 예수님처럼 불쌍한 사람들에게는 온 힘을 다해 도와주시면서도 이웃을 사람답게 대하지 않는 분들에게는 인간의 존엄성을 지키기 위해 당당하게 행동하셨습니다.

4장

악을 물리친
신앙의 힘

어머니는 선한 일을 하다 고난받아도
항상 감사하는 삶을 사셨습니다.

미신에 흔들리지 않으신 어머니

1940년대의 일입니다. 대전시에 있던 원동 89번지에 있었던 대전 사범학교 근처에 선생님들이 거처하는 관사가 있었습니다. 아버지 덕분에 우리 가족은 학교 관사에서 지내게 됐습니다. 그런데 우리 가족이 그 관사에 들어가 살기 시작하면서 이상한 소문이 나돌기 시작했습니다. 어머니가 밖에만 나오시면 동네 사람들이 수군대다가 흩어지고 또 어머니가 지나가시면 수군수군 귓속말을 해서 몹시 마음이 상하셨습니다.

그러던 어느 날 또 그런 광경을 목격한 어머니는 그중 한 사람을 붙들고 "왜들 이렇게 수군거리십니까. 제가 뭐 잘못한 것이라도 있습니까? 무슨 영문인지 말씀해 주세요."라고 물어보셨습니다. 이에 이웃 부인이 이야기를 해 주었습니다.

"그런 것이 아닙니다. 지금 살고 계신 그 집에서 얼마 전에 12명이 죽어 나갔지요. 한 명씩 장례를 치르는데 어느 때는 그 집 가장이 죽어 나갔습니다. 죽은 가장 옆에는 그 가장과 같은 크기의 구렁이가 죽어 있어서 그 가장과 함께 장례를 치렀지요. 그런 다음 그 집에 이사 오는 사람마다 이상한 일이 벌어지는 것입니다. 캄캄한 밤이 되면 '게다(일본식 나막신)' 소리가 난 후에 주방과 방문이 활짝 열리는 소리가 나고 방마다 방문 열리는 소리와 함께 '게다' 소리가 새벽이 되도록 들렸답니다. 이렇게 밤새도록 시달리고 나면 병이 나거나 아이들이 아프고 해서 새로 이사 오는 사람들은 너 나 할 것 없이 모두가 3일을 채 못 지내고 굿을 했지요. 그래도 견딜 수가 없으니까 계속해서 사람들이 들어왔다가 다시 이사를 하곤 하였던 집입니다. 그래서 우리도 이번에 이사 오신 분은 어떠신가 하여 궁금해하던 참이었습니다. 사모님은 보름이 지나도록 아무런 기척이 없으시기에 매일매일 사모님의 일거수일투족을 관찰하던 중이었습니다."

어머니는 이 말을 들으시고 참으로 기가 막혔다고 했습니다.

"이렇게 대명천지에 과학적으로 규명할 생각은 하지 않고 미신 따위에 넋을 빼앗기다니…"하며 겁먹지 않고 당당하게 사시니까 악한 영들도 어머니에게 덤벼들지 못한 모양입니다.

당시는 어머니가 아직 성당에 다니지 않으시던 때였는데도 어머니에게는 그런 미신이 통하지 않았습니다.

어머니는 육조 다다미 위에 누워서 '여기에서도 어떤 사람이 죽었겠지!'라고 생각해도 도무지 무섭지가 않았다고 합니다. 더욱이 아이들도 모두 무사했으니 주위 사람들이 의아해하는 것은 어쩌면 당연한 일이었을 것 같습니다.

아버지가 돌아가시고 서울 동대문구 제기동에서 살 때 이
야기입니다. 우리가 살던 곳의 이웃집 2층에 사는 한 아주머
니는 초등학교 5학년 때부터 악한 영에 시달렸다고 합니다.
학교에 다니던 짝꿍이 5학년 때 죽었는데 그 아이의 집 원두
막에서 참외를 사 먹은 후부터 몹시 아팠다는 것입니다. 그
후로 죽은 친구가 항상 자기와 함께 있는 기분이 느껴져서
친구를 위하여 상에다 물 한 그릇 밥 한 그릇 떠 놓기 시작
했다고 합니다.

많은 세월이 흘러 그 아주머니는 성인이 되어 결혼해서 아

들을 낳았습니다. 아들이 태어난 지 몇 개월이 지나고서도 아직 그 초등학교 짝꿍을 위해서 밥 한 그릇 물 한 그릇을 떠 놓는 정성을 보고 사람들이 그 부인에게 성당에 나가면 괜찮겠다고 해서 성당에 나가기 시작했습니다.

그러던 어느 날 자정이 넘었는데 그 아주머니의 남편 되는 분이 저의 어머니를 찾아왔습니다. 그러더니 자신의 부인이 악한 영에 들러서 심하게 뒹굴고 있다고 했습니다. 어머니가 그 집에 올라가 보니 그 부인이 어머니를 보고 "메롱" 하면서 혀를 내밀고 "네가 나를 이기려고? 아주 조그만 게 당찬데… 웃기지 마라!"라면서 낄낄댔습니다.

어머니는 속으로 '하느님! 저 부인을 괴롭히고 있는 악한 영을 지옥으로 몰아 쫓으소서!' 하고 기도드리셨습니다. 그때 악한 영 들린 부인이 그 말을 받아서 "나보고 지옥에 가라고?" 하고 말하고는 또, 혀를 내밀며 불경한 몸짓을 했습니다.

어머니는 성인열품도문(성인 호칭 기도문)을 열심히 읊으셨습니다. 그렇게 계속 기도를 드리다 보니 새벽 4시가 되었습니다. 그 부인은 새벽녘이 되자 몸을 부들부들 떨면서 비로소 잠들었습니다.

그다음 날 그 부인은 곱게 차려입고 어머니에게 인사를 드리러 왔습니다. 부인은 어머니 덕분에 정상이 되었다고 고맙다고 인사를 했습니다. 그리고 그 이튿날 그 부인의 남편이 어머니에게 찾아와서 천주교에 관해서 묻고 성당에 다니기 시작했습니다.

그리하여 부부 모두가 남편을 따라 하느님을 열심히 믿는 천주교 신자가 되었는데 부부는 어머니를 만날 때마다 고맙다는 인사를 잊지 않았다고 합니다.

대녀에게서 악한 영을 내쫓으시다

성당에 다니기 시작한 지 얼마 되지 않은 분이 있었습니다. 눈이 움푹 파이고 이빨은 빠져 있고 어딘지 섬뜩한 외모 때문에 주위의 모든 사람이 무서워서 그분 곁에 얼씬도 하지 않았고 대모도 서주지 않았습니다. 그것을 아신 어머니는 이분의 영세 대모를 서주셨습니다. 영세 대모를 서주신다는 소식을 전해 들은 이웃 사람들이 어머니에게 "저 안나 자매님은 너무나 무서워요! 매일 이상한 행동을 하고 매섭게 행동하는 것을 보니까 악한 영이 들렸나 봐요."라고 말했습니다.

어머니는 이런 말을 다 들은 후 "알겠습니다. 제가 가서 기도를 바쳐보겠습니다." 하시고 그분의 집에 매일 찾아가서 성인열품도문과 주님의 기도와 묵주기도를 바치기 시작하셨습니다. 한번은 어머니께서 기도하는데 그분이 어느 새 어머니 등 뒤에서 책을 들여다보고 있었다고 합니다. 어머니는 너무나 섬뜩하고 놀랐지만, 마음을 다잡고 끝까지 기도를 열심히 바치셨습니다. 이렇게 열흘 이상 그분을 위해 기도를 드리셨습니다.

어느 날 그 자매가 어머니께 "어서 오세요. 대모님" 하며 기꺼이 맞이하자 어머니는 놀라며 "왜 그러시지요?" 하고 되물으셨습니다. 그러자 악한 영이 들렸던 그분이 하얗게 소복 차림을 한 채 어머니께 인사하며 다가왔다고 합니다. 어머니는 그때 너무나 놀랍고 섬뜩해서 어쩔 줄을 몰랐다고 하셨습니다. 하지만 어머니는 태연한 척 인사를 나누셨고, 이야기를 나누면서 그분이 이제는 제정신으로 돌아온 것을 느꼈다고 하셨습니다. 그동안은 군대에 다녀온 그분의 아들을 가리키며 누구냐고 물어도 누군지 모른다고 하시던 분이었다고 합니다. 그러던 그분이 이제는 사물과 사람을 모두 올바로 알아보게 되니, 자신도 악한 영이 정말 나간 것 같다고 느껴 하느님께 감사를 드렸다고 합니다. 그분이 어머니에게 "이제는 악한 영이 떠나간 것 같아요. 정말 얼마나 마음이 편한지 몰라요, 대모님께 뭐라고 감사를 드려야 할지 모르겠습니다."라고 했다고 합니다.

선한 일을 하다 고난받아도 감사를 🌱

아버지가 돌아가신 후 어머니는 광주리 장사를 하다가 그 이후에는 구멍가게를 하셨습니다. 그래서 성당에서 많은 일을 하실 수 있게 되었는데 특히 가난한 교우들이 임종했을 때 가셔서 입관도 하시고 염습도 해 주시곤 했습니다. 그중에 더 가난한 이들의 장례식에는 장지까지 가 주시기도 했습니다. 어머니는 부자들의 장례에는 가지 않으셨습니다. 어느 날 소문을 들은 동네 어르신 한 분이 어머니를 찾아와서 자신의 사정을 이야기했습니다.

동네 어르신께서는 어머니에게 "우리 마을에 사는 40대

청년이 죽었습니다. 벌써 죽은 지 4일이나 지났고요. 이분은 성당에도 다니지 않았습니다. 이분이 혼자서 살다가 죽음을 맞이했는데 염을 해줄 사람이 한 분도 없습니다. 너무 가난해서 주변 사람들이 장례를 치를 수도 없습니다. 오셔서 염을 해 주신다면 고맙겠습니다." 하고 말했습니다.

어머니는 기꺼이 "네, 제가 가서 염을 해드리지요." 하셨습니다. 보통 남자의 염습은 남자가 하고 여자의 염습은 여자가 하는데 이 청년은 어느 남자도 염습하지 않으려고 해서 어머니가 염습해 드리게 된 것입니다. 어머니가 이 청년을 염습할 때 죽은 그 청년의 몸을 만지는데 미끄럽다는 느낌이 들면서 속으로 '아이, 징그러워.'라는 생각이 들었다고 합니다.

그때부터 어머니는 몸이 덜덜 떨리고 힘들어서 가까스로 염습을 마치셨다고 합니다. 그 죽은 혼이 어머니를 덮쳤는지, 어머니는 별안간 기분이 나빠지셨고 오돌오돌 떨며 힘들어 하셨습니다. 그렇게 한동안 힘들어 하셨지만 그런 가운데에서도 열심히 기도하셨고 3개월 후에는 예전의 모습으로 돌아왔습니다. 제가 어머니 집을 방문했을 때 어머니는 저에게,

죽은 지 4일이나 지난 시체를 염습하는데 갑자기 징그럽다는 느낌이 강하게 오면서 몸과 마음이 매우 이상해지는 체험을 했다고 말씀해 주셨습니다.

그러고는 저에게 "아마 내가 교만해서 그랬을 거야. 같은 사람인데 왜 내가 징그럽다고 했을까? 그래서 그랬을 거야." 라고 하시며 당신 탓으로 돌리셨습니다. 저는 어머니의 이런 말씀을 들으면서 '어머니는 참으로 겸손하시구나!' 하는 생각이 들었습니다. 다른 분들 같으면 "다시는 이런 일 안 해!" 하시든지 "좋은 일을 하고도 이런 아픔을 겪는 것은 좀 아니지!"라고 말할 수도 있었을 것입니다. 하지만 어머니는 악한 영에 당한 것을 당신의 탓으로 돌리시고 여전히 하느님께 기도를 드리면서 3개월이 지나, 평상시처럼 돌아왔다고만 말씀하셨습니다. 한편, 첫째 딸인 큰언니는 어머니가 사대부집 딸인데 왜 그런 천한 일을 하느냐고 불만이 컸습니다.

둘째 딸인 저도 어머니에게 "어머니 이제는 그런 일을 그만하시고 몸도 돌보셔야지요."라고 말씀을 드리니 어머니는

"그래, 그렇지! 그래도 아무도 도와줄 수 없는 형편이면 가서 도와주고 싶구나. 우리도 언제 죽을지 모르는데…"라고 하셨습니다. 어머니는 수도 없이 많은 분의 집을 방문하시면서 무당이 차려놓은 물건들을 다 없애시고 어려움을 겪는 분들을 성당으로 인도하셨습니다.

지금도 악한 영들은 끊임없이 우리를 괴롭힙니다. 악한 영은 하느님을 섬기지 못하게 하고 자신을 섬기도록 합니다. 이러한 속임수에 빠지면 악한 영은 영혼 안에 들어와 온갖 유혹을 해댑니다. 이들은 사람들이 기도를 못 하게 하고, 이간질하며, 자살 충동을 느끼게 하고, 사람들을 폭력적으로 대하게 합니다. 또한 거짓말도 하게 하고 불안함과 초조함을 불러일으키며 심한 우울증에도 빠지게 합니다. 이런 악한 영은 이 세상의 것에 온갖 열망을 가지고 살아가는 영혼에 접근해서 이 세상 것을 탐하게 하고는 이 탐욕 때문에 아주 크게 다치게 합니다. 그러므로 우리는 세상 것을 섬기지 말고 하느님만을 공경하며 예수님의 가르침대로 살아가는 영혼들이 되어야 합니다. 예수님께서도 기도와 단식을 할 때만 이런 악한 영을 물리칠 수 있다고 하셨습니다.

예수님께서 제자들에게 더러운 영을 물리치는 권한을 주셨습니다. 저는 예수님께서 어머니에게도 악한 영을 물리치는 권한을 주셨다고 확신합니다. 하느님으로부터 이러한 권한을 직접 받지 않았다면 이렇게 힘들고 어려워하는 영혼을 위해 헌신적으로 기도를 드려서 악한 영을 물리칠 수 없었을 것입니다. 앞에서 말한 사례들은 어머니가 실제로 악한 영을 물리치신 사례들입니다.

5장

어머니의 삶과 신앙을
기억하며

어머니는 내 자녀의 사업이 잘되기보다는

자녀가 다른 사람과 더불어 모두

평화롭게 살아가도록 기도하셨습니다.

세례를 받으심

성당에 나가 교리를 배우시다

아버지께서 목포 사범 고등학교 교감으로 계실 때 일입니다. 학생들에게 훈화 말씀을 하는 시간에 하느님에 대해 이야기하셨다고 합니다. 천주교 신자인 한 학생이 이 훈화 말씀을 듣고 목포 산정동 본당 수녀님께 말씀드렸다고 합니다. 어느 날 산정동 본당 수녀님께서 우리 집에 찾아오셔서는 어머니에게 성당에 다니라고 권고하셨습니다. 어머니는 "아이들 아버지와 상의 후 자녀들을 데리고 성당에 나가겠습니다"라고 수녀님께 말씀드렸습니다.

어머니가 교리를 배우실 때 주일 미사를 가려고 할 때마다 한 살 된 다섯째 동생이 갑자기 열이 나서 성당을 못 가게 되는 일을 몇 차례 겪었습니다.

어머니는 이런 짓은 악한 영의 장난이라고 판단하시고는 주일 미사 갈 때마다 정성스럽게 묵주 5단을 바치시고 묵주를 아이의 가슴에 올려놓고, 아이가 열이 40도까지 나더라도 성수를 뿌려주고 그냥 미사를 다녀오셨다고 합니다. 그렇게 다녀와서 보니 아이에게서 열이 더 나지 않고 괜찮아졌습니다. 그 이후로는 성당 가기 전 이상한 일들이 있을 때마다 악한 영의 소행이라고 생각하며 걱정하지 않고 주일 미사에 꼭 참석하셨다고 합니다.

자녀들을 위한 기도

매일 바치는 기도

어머니는 아버지가 돌아가신 이후로 매일 새벽 4시에 일
어나서 기도를 바치셨습니다. 2시간 동안 기도하면서 그 중
간에 묵주기도도 하셨습니다. 어머니가 시장에 다녀오신 후
에는 취침하기 전에 늘 성수를 뿌리시고 가족이 다 함께 저
녁기도를 드렸습니다. 어머니는 앞에서 기도하셨고 아이들은
뒤에서 기도했는데 가끔 형제들이 뒤에서 키득거리고 웃던
기억도 납니다.

하루는 어머니에게 주로 어떤 기도를 하고 계신지(기도 지

향) 여쭈어보았습니다. 어머니는 "아이들이 사업을 하는데, 혹시 사업을 하다가 남에게 손해를 끼치면 안 되지 않겠니? 그래서 나는 아이들이 남에게 손해를 끼치지 않게 도와 달라고 기도한단다."라고 하셨습니다.

그동안은 그렇게 말씀하신 어머니의 기도 제목에 대해 별로 생각을 하지 않았었는데, 최근에야 어머니의 기도 제목이 대단하다는 것을 깨달았습니다. 많은 사람이 자기 자식들이 출세하고 돈 벌기만을 바라고 남에게 손해를 끼치는 것에 대해서는 나 몰라라 해서 나중에는 패가망신하는 경우가 비일비재한데, 어머니가 바치신 기도는 얼마나 소박하고 알찬 기도입니까? 어머니의 바람은 내 자녀의 사업이 잘되기보다는 자녀가 다른 사람과 더불어 모두 평화롭게 살아가는 것이었습니다. 이러한 어머니의 마음이 새삼 놀랍게 느껴집니다.

기쁨이 넘치는 신앙생활

어머니는 8남매를 키우면서도 항상 유쾌하고 기쁘게 사셨습니다. 새벽 4시에 일어나서 기도하고 시장에 나가셨다가 저녁에 오면 온 가족이 깔깔거리는 웃음소리가 끊이지 않아 이웃에 사는 분들이 우리 가정을 부러워했다고 합니다.

아이들은 학교에서 배운 노래를 불러가면서 재미있게 생활했습니다. 어떤 과부 한 분도 어머니와 함께 시장에서 장사하셨는데 항상 짜증이 나고 화가 나서 자식들을 때리고 못살게 굴었다고 합니다. 하루는 이분이 우리 집을 방문하여 8남매가 사는 모습을 자세히 보러 오셨다고 합니다.

어느 일요일에 우리 집에 와 보니 온 가족이 성당을 다녀오고 함께 모였다가 흩어졌다가 하면서 즐겁고 기쁘게 사는 모습에서 비록 가난하게 살아도 저렇게 사는 것이 잘 사는 것이 아닌가! 하면서 감탄했습니다. 이후로 그분도 세례를 받고 독실한 신자로서 살아보려고 애쓰셨다고 합니다. 한번은 동네에 살던 남자 세 명이 우리 가족이 화목하게 잘 사는 모습을 보고 "우리도 성당에 나가보자"라고 결의했는데 어머니가 그 당시 너무 바빠서 이분들을 성당으로 인도를 못 했다고 합니다.

그래서 이분들이 성당이 아닌 개신교 예배당을 찾아갔다

고 합니다. 몇 번을 예배당을 찾아갔지만 아무도 반겨주는 사람이 없고 자신들도 별다른 변화를 못 느꼈는지 그만두었다고 하는 소리를 들은 어머니는, 그런 사실을 미리 알았더라면 성당 회장님께 소개하여 그들의 영혼을 구할 수 있었을 텐데 하시며 안타까워하셨다고 합니다.

길을 잃었던 날, 절망에서 드린 기도

어머니는 어느 날 동대문 시장에서 돌아오면서 길을 잃은 적이 있다고 말씀해 주셨습니다. 달은 밝고 개울에는 물이 졸졸 흐르고 있는데 들고 가던 함지는 굴러떨어져 있고, 도무지 집을 찾을 수 없었다고 합니다. 헤매고 또 헤매서 몇 시간을 지난 뒤에 가까스로 정신을 차려 집에 들어왔습니다. 너무나도 기가 막혀서 내가 왜 이런가 하고 생각을 해 보니, 저 많은 아이를 어떻게 키워야 하나 걱정이 되어서 기도를 잊어버리고 고민하다가 그렇게 된 것이라고 했습니다. 주머니를 뒤져보니 묵주가 있었는데도 근심이 심해서 기도를 못 하시고 정신을 잃으신 것이라고 하셨습니다. 어머니는 늘 기도

하면서 기쁘게 사셨지만, 가끔 아이들에 대한 걱정이 많을 때는 몸과 마음을 가눌 수 없을 만큼 힘들 때도 있으셨다고 합니다. 하지만 그때마다 정신을 바짝 차리고 다시 조용하게 기도하면서 평안함을 되찾으셨다고 합니다.

신앙을 전하신 어머니

하느님 나라 건설을 위하여

아버지가 돌아가시고 4년이 지나서 막냇동생이 네 살이 되던 해의 일입니다. 어머니의 건강이 갑자기 나빠져서 몸져 누우셨습니다. 어머니는 그때 침상에 누워 계셨지만, 자식들의 장래에 대한 두려움은 전혀 없고 이대로 당신이 죽어도 하느님께서 자식들을 잘 보살펴 주시겠다는 생각이 들었다고 하셨습니다. 그리고 하느님께서 당신을 곧 일어나게 해 주실 것 같다는 생각이 들었다고 하셨습니다. "아직도 살아서 봉사해야 할 사람이 많은데 이렇게 빨리 생을 마감하는 것은 하느님께서도 원하지 않으실 것이다. 내가 죽어가는 사람들을 찾아가 대세를 준 게 이제 겨우 4명뿐이다. 이렇게 죽기엔 내 인생이 너무 초라하니 어서 일어나 하느님의 큰 사업에 동참하자."라는 생각을 하며 자신도 모르게 잠이 들었다고 하셨습니다. 어머니는 병상에서 일어난 이후로도 일생을 많은 분이 하느님께서 주시는 참 평화를 얻어 누릴 수 있도록 마음을 다하여 이웃을 돌보셨습니다.

그동안 어머니에게 대세를 받은 분 중에서 한 할머니는 하염없이 울면서 "내가 죽으면 내 자식은 어떻게 하느냐?"고 걱정을 태산같이 했습니다. 그것을 보시고 어머니는, 사람은 언젠가는 한번은 죽으니 죽음에 대해 막연한 두려움을 갖는 것을 경계해야 하며, 죽기 전까지 가치 있는 삶을 살도록 노력하라고 하시면서 "그래서 인간은 죽을 때가 중요한 것입니다."라는 말씀도 덧붙이셨습니다.

본당에서의 선교활동

어머니는 환갑이 훨씬 지나셨는데도 불구하고 레지오 단

원으로 일하셨습니다. 또한, 성당에서는 본당 신부님의 권유로 반장도 하셨습니다. 어머니는 슬픔이나 괴로움을 당하는 이웃들에게 하느님을 만날 수 있도록 기도를 알려주시고 함께 기도하셨습니다. 굶주리는 자들과 세상의 불의에 억눌리고 살아가는 분들에게도 도움을 주셨습니다. 어머니는 냉담 중인 많은 사람을 성당으로 다시 나오도록 했습니다. 심지어 구멍가게를 하시면서도 전교(전도)를 하셨는데, 당시 전교 회장님께서 그 모습을 보시고 어머니에게 성당 일이 본업이고 구멍가게 일은 부업 같다고 하셨습니다. 가게에서 알게 된 많은 분들을 성당으로 이끄시어 신앙생활을 기쁘게 하도록 도와주셨습니다. 또 장례미사에 꼭 참석하셨고 가난하고 불우한 분들의 장례에는 산소까지 가 주시는 성의도 보이셨습니다.

성모님을 뵙는 기도

어머니는 다음과 같은 영적 체험을 하신 이야기를 들려주셨습니다. "8남매나 되는 저 아이들을 어떻게 키우고 또 어떻게 공부를 시킬 수 있을까?" 하면서 심한 마음의 갈등을 느낄 때가 있으셨습니다. 어머니는 너무도 근심이 깊어 걱정으로 밤을 지새우기도 하고, 한없는 슬픔에 잠길 때도 있으셨는데, 그러던 중 문득 정신이 들어 마음을 가다듬고 기도를 드리기 시작했습니다. 어머니는 "주님께서는 아무 죄도 없으시면서 형벌을 받으시고 온 세상을 가지시고도 누우실 땅도 없이 갖은 고통을 당하시면서 돌아가셨는데, 저는 이렇게 자식들도 있고 누울 방도 있는데 왜 이렇게 엄살을 떨었을까요? 주님, 정말 죄송합니다! 주님, 얼마나 힘드셨습니까? 얼마나 고통스러우셨습니까?"라고 기도하셨습니다. 그렇게 울면서 기도하시다가 눈을 뜨자 갑자기 성모님께서 나타나셔서 어머니 앞에 서 계셨습니다. 너무나도 환한 빛 속에 계신 성모님이 한없이 자애롭게 미소를 지으시면서 어머니를 바라보시고 있었던 것입니다. 놀라움과 반가움에 어머니가 "성모 어머니!" 하고 부르니 성모님은 홀연히 사라지셨습니다.

성모님을 뵌 이후로 어머니는 마음이 평안해지고 근심 걱정이 사라졌으며 기쁨까지도 맛보았습니다. 그뿐만 아니라 어머니가 시장에 무슨 물건을 내놓든지 즉시 다 팔렸다고 하셨습니다. 그것을 본 주변 상인들이 "아주머니는 어떻게 이렇게 순식간에 그 많은 물건을 다 파세요?" 하면서 너무나도 신기해했습니다. 어머니는 그 모든 일이 성모님의 도움이라고 확신하셨습니다. 어머니는 세례를 받으신 후로 미사에 성실히 참례하면서 성체를 영하고 예수님께 모든 문제를 다 말씀드리는 신앙생활을 하셨습니다. 또 어머니는 고해성사를 안 보는 아이들은 신부님께 슬쩍 말씀드려서 고해성사 보기를 권하기도 하셨습니다. 때때로 어려움이 있을 때는 갈멜회 수녀원을 찾아가서서 수녀님들께 어려움을 다 말씀드리고 조언을 구하기도 하셨습니다. 갈멜회 수녀님들이 이렇게 힘들게 살아가는 분들의 고통을 다 들어 주시고 기도해 주셨기에 어머니는 갈멜회 수녀님들께 많은 감사를 드리며 사셨습니다.

어머니는 온갖 환난과 절망과 근심과 걱정을 예수님께 위탁하며, 영적인 삶의 길을 밝혀 주신 주님의 은총으로 평화와 진리의 길을 걸을 수 있었습니다. 예수님의 사랑 안에서 인류를 구원하러 오신 예수님의 말씀을 따라 사시면서 하느님께 영광과 찬미를 드리는 삶을 사셨습니다.

6장

마지막까지
아름다웠던 어머니

어머니는 자녀들이 당신 때문에
걱정하지 않도록 마지막까지 자녀들을
사랑으로 보살펴 주고 떠나셨습니다.

임종하시기 전 어머니를 모신 큰오빠

어머니는 그동안 신월동에서 막내 남동생을 돌보면서 사셨습니다. 그러다가 병원에서 폐암 말기라는 진단을 받게 되셨고, 병원에서 더 손을 쓸 수 없다고 하자 큰오빠가 어머니를 집으로 모셔 갔습니다. 그렇게 어머니의 말년을 가장 가까이서 모시며 가장 오래 함께 하신 큰오빠가 동생들인 우리에게 들려준 어머니의 이야기입니다.

큰오빠는 어머니는 머리도 좋으셨지만, 특히 지혜와 총명은 아무도 따를 수가 없었고, 우리 8남매가 아무리 밤새도록 연구해도 어머니의 말씀 한마디도 따라갈 수가 없었다며 회상했습니다. 큰오빠는 우리에게 또 이렇게 말해 주었습니다.

"어머니의 조상님들이 마음이 착하고 어질고 지혜가 풍부하셔서 그러리라 추측한다. 옛말에도 '3대가 잘 살아야 성인이 나온다.'는 이야기가 있지. 어머니의 어지심과 지혜는 조상들로부터 물려받은 귀한 마음이라고 생각된다. 또한 어머니는 어렸을 때, 그리고 결혼하시기 전에 책을 많이 읽으셨고 그것들을 바탕으로 온갖 어려움을 지혜롭게 극복하면서 우리 8남매를 마음으로 키워 주셨던 것 같다."

그러면서 큰오빠는 청년 시기에 좋은 책들을 많이 읽는 것이 살면서 얼마나 큰 영향을 주는지를 어머니의 예를 들며 이야기했고, 어머니가 결혼하시기 전에 읽으셨던 책을 알려 주었습니다.

김시습의 〈금오신화〉, 허균의 〈홍길동전〉, 김만중의 〈구운몽〉, 일연의 〈삼국유사〉, 김부식의 〈삼국사기〉, 김만중의 〈사씨남정기〉, 박지원의 〈열하일기〉, 〈허생전〉, 〈연암집〉, 〈장화홍련전〉, 〈춘향전〉, 〈숙영낭자전〉, 〈심청전〉, 〈흥부전〉, 〈토끼전〉,

〈옹고집전〉, 〈배비장전〉, 혜경궁 홍씨의 〈한중록〉, 〈계축일기〉, 〈인현왕후전〉, 이인직의 〈혈의 누〉와 〈은세계〉, 안국선의 〈금수회의록〉과 〈공진회〉, 박계주의 〈순애보〉 등이 어머니가 읽은 책들입니다.

또한 TV에서 사극이 나오면 어머니는 당신이 다 읽은 책이라고 말씀하시면서 드라마는 보지 않으시고 뉴스나 교육 프로그램 등을 보셨다고 큰오빠가 전해 주었습니다.

폐암 말기로 병원에 입원하다

어머니의 병원생활

일생을 자녀들과 이웃을 위해 헌신하신 어머니는 언젠가부터 몸이 아프셨는데, 계속 약만 사드시다가 어느 날 병원에 가서 진찰을 받고 폐암이라는 진단을 받으셨습니다.

의사 선생님은 이렇게 폐암 말기가 될 때까지 어떻게 병원에 한 번도 모시고 오지 않았느냐고 자식인 우리를 나무라셨습니다. 어머니가 자식들에게 아프다는 이야기를 해 주지 않으셔서, 우리는 어머니가 폐암 말기 환자이실 거라고는 생각지도 못했습니다.

어머니는 이전부터 옆구리와 등이 아프셨는데, 그저 광주리 장사를 너무 오래 해서 아픈 거라 생각하셨다고 합니다. 그러고는 약만 사드시면서 그 아픈 고통을 다 참으셨던 것입니다. 어머니는 병원에 입원하기 전, 집에 머무르실 때 몹시 숨이 차고 힘들어하셨습니다. 그런데도 자녀들이 어머니를 뵈러 집에 방문할 때는 마치 높으신 웃어른이 방문을 오신 것처럼 일어나 앉으셔서 자녀들을 맞이하셨습니다. 점점 몸 상태가 위독해지신 어머니는 서울 성모병원에 입원하셨습니다. 수녀인 저는 어머니를 뵈러 병원에 갔습니다.

"어머니가 폐암 말기라고 선생님께서 말씀하시네요. 그리고 선생님께서 우리에게 크게 꾸중하셨어요. 이렇게 늦게 병원에 모시고 왔다고요."라고 말씀드리자, 어머니는 "나는 그동안 옆구리가 아플 때마다 약을 먹었단다. 광주리 장사를 해서 그렇게 옆구리가 아픈 줄만 알았지. 하지만 괜찮아! 언젠가는 하느님께 가게 될 거라고 생각했는데 이렇게 일찍 (당시 어머니는 72세) 준비를 시켜 주시는구나!" 하셨습니다.

"어머니, 병환이 위중해서 병자성사(죽음에 임박한 신자가 받는 성사)를 받으시는 것이 좋을 것 같아요. 본당 신부님께 병자성사를 요청해 볼까요?" 하고 말씀드리니 어머니는 "아니다, 이곳 성모병원에도 원목 신부님이 계시는데 그 멀리서 본당 신부님을 모시지 마라. 그렇게 남에게 폐를 끼치는 일을 하면 안 돼. 내가 뭐 그렇게 대단하다고. 바쁘신 본당 신부님 모시고 오지 마라."라고 하셨습니다.

그리고 어머니는 또 이렇게 말씀하셨습니다.

"그리고 너도 병원에 나를 보러 오지 마라. 너는 공인이잖니! 수녀들은 맡은 임무를 충실히 해야 해. 네 여동생이 나를 잘 보살피고 있으니 너는 더 이상 나를 보러 병원에 오지 않아도 된다. 공인은 사사로운 일로 나다니는 것이 아니야."

어머니는 철저하게 당신 자녀가 맡은 일을 잘 할 수 있도록 하시고 집안일에 지나치게 관여하지 못하게 하셨습니다. 병원은 어머니께 도움받은 분들로 문전성시를 이루었습니다. 어머니 병문안을 오신 분들은 대부분 가난한 사람들이었습니다. 그들은 매일같이 인산인해를 이루며 어머니 병실에 몰

려들었습니다. 그리고 그분들은 하나같이 "당신 어머니는 제

은인입니다."라고 하셨습니다.

집에서의 환자 생활

어머니가 병원에 계시던 어느 날 의사 선생님이 이제 병원에서는 더 이상 손쓸 도리가 없으니 어머니를 집에 모셔도 된다고 했습니다. 그래서 어머니를 큰오빠 집에서 모시게 되었습니다. 그날부터 간호사 한 분이 하루에 한 번씩 큰오빠 집에 방문해서 링거를 놓고 치료해 주었습니다. 다행히도 그렇게 심한 통증은 없으셨던 것 같았습니다. 제가 어머니를 뵈러 큰오빠 집에 방문했을 때 어머니는 병원 약으로는 더 나을 가능성이 없다는 것을 아시고 당신이 다니시던 한약방에 다녀오라고 하셨습니다.

저는 어머니가 다니시던 한약방에 가서 한의사 선생님께 어머니에 대해 모두 말씀드렸습니다. 한의사 선생님은 어머니가 약 처방을 받아 가서 약을 다려서 가난한 이들에게 주셨다는 사실을 기억하시면서 그렇게 훌륭하신 어머니가 아프시니, 이해가 가지 않는다고 하셨습니다. 어머니의 병환에 대해서 다 들으시고는 "어머니께서 폐암 말기라고 하셨지요? 제 생각으로는 지금 드릴 만한 한약이 없겠는데요. 어머니께 잘 말씀드려 주세요."라고 하셨습니다. 저는 한의사 선생님께 "선생님, 그럼 우리 어머니가 그냥 돌아가시도록 내버려 두라는 말씀이신가요?" 하고 물었습니다. 그러자 한의원 선생님께서 "그렇습니다. 지금 약을 써도 더 큰 고통만 따를 것 같습니다. 어머니께 잘 말씀드려 주세요. 그렇게 좋은 일만 하시던 어머니께서 돌아가시게 되었군요. 안타깝습니다."라고 하셨습니다.

한의사 선생님의 말씀은 한약을 더 써 봐도 효과가 없으니 임종을 준비하라는 말도 포함되어 있었습니다. 저는 더 손쓸 수 없다는 한의사 선생님의 이야기를 듣고는 실망해서 어머니에게 어떻게 이 말씀을 전달해야 할지 고민했습니다.

그래도 용기를 내서 어머니에게 "어머니, 한의사 선생님께서 어머니가 드실 만한 한약이 없다고 하셨습니다."라고 말씀드리자, 어머니는 거기까지만 듣고도 그 말이 무슨 뜻인지 알아차리셨습니다.

어머니는 "그렇구나! 약이 더 필요없다고 하셨구나!" 그러시면서 다음과 같은 말씀을 하셨습니다.

"우리는 하느님이 부르시면 언제든지 떠날 준비를 해야 한단다. 생명은 자신이 늘릴 수가 없지. 세상의 부를 누리던 사람도, 가난하고 힘들어서 빨리 죽고 싶은 사람도 마음대로 할 수 없는 것이 죽음이란다. 우리는 모두 죽음을 통해 하느님께 가는 것이란다. 나는 장가를 보내지 못한 막내아들과 시집을 가지 않은 셋째 딸을 하느님께 맡기고 간다. 셋째 딸은 하느님을 위해 큰일을 할 것이기 때문에 걱정이 안 된다. 그동안 우리 집안을 돌봐 주셨던 하느님께서 우리 자식들을 돌보아 주실 것이라는 확신이 든다. 우리 자녀에게 하느님의 축복이 함께 하기를 빈다."

임종을 앞둔 어머니의 결단

어머니의 가시는 길

어머니는 자녀에 대한 염려도 자신의 아픔도 다 내려놓으시고 하느님 품으로 가시고자 기도를 시작하셨습니다. 자녀에게 묘약을 구해 오라는 말도 없으셨고 그동안 살면서 너무나 힘들고 지쳤다는 말씀도 하시지 않았습니다.

그렇다고 치매나 무의식 상태로 계시지도 않았습니다. 시종일관 기도만 하시고 푸념도 하시지 않았습니다.

마지막에는 몸에 중풍이 오신 듯했습니다. 일생을 자녀들과 많은 분들의 아픔을 들어주시고 병을 고쳐주시고 돌보아 주셨으면서, 자기 자신을 위해서는 어떠한 것도 요구하지 않는 어머니를 보고 어떻게 하면 이렇게 영적으로 사실 수가 있을까 생각해 보았습니다.

아마도 어린 시절부터 하느님께서 주신 고운 마음을 잃지 않고 잘 성장해서 이렇게 자신을 희생하면서 모든 이를 살리시는 여정으로 가시지 않았을까 생각합니다.

인간은 본래 하느님의 자녀이기 때문에 누구나 하느님의 마음을 다 지니고 있지만, 이 세상에 대한 과도한 욕심과 이기심에 기울어져 하느님의 마음을 다 잃어버리고 병들어서 암흑과 같은 어두운 세상을 살게 되는 듯합니다.

어머니는 40세가 되시면서 세상에서 누려야 하는 복은 다 빼앗기시고 험난하고 불행한 삶을 사시게 되었는데도, 자신의 아픔보다는 많은 사람의 아픔을 돌보아 주셨고 그들에게 하느님이 어떤 분이신지 알려 주셨습니다. 예수님께서 하신 말씀을 따라서 사는 것은 참으로 어렵지만, 힘들더라도 그 말씀을 따라 산다면 어머니와 같은 경지에 다다를 수 있다고 생각합니다.

임종을 준비하시면서

어머니는 더 이상 한약으로도 양약으로도 치유할 수 없다는 것을 알아채시고는 그날부터 식음을 전폐하시고 포도당 주사도 그만 맞고 싶다고 하시며 주삿바늘을 빼라고 하셨습니다. 그러나 오빠와 동생들은 그래도 어머니가 살아 계시니 링거만이라도 놔 드리자고 했습니다.

어머니는 의식이 돌아올 때에는 기도를 하시고 그 이외의 시간에는 깊은 잠에 빠졌습니다. 선종(임종 때 성사를 받아 큰 죄가 없는 상태에서 죽는 것)하시는 그날 아침에 어머니를 깨끗하게 목욕시켜 드리고 새로 사 온 옷을 입혀 드렸습니다. 어머니는 약이 없다는 말을 들은 그날부터 식음을 전폐하신 지 20여 일 만에 선종하셨습니다. 선종할 당시에는 첫째 딸만 없었고 7남매가 다 지켜보고 있었습니다.

형제들이 함께 연도(연옥에 있는 이를 위하여 하는 기도)를 바치고 장례를 치르려고 보니, 거실에 놓여 있는 작은 함에 당신께서 입으실 수의도 다 손수 장만해 놓으셨습니다. 생명에 애착이 크셨으면 온갖 보약을 써 보려고 우리에게 요구하셨을 텐데, 어머니는 병원에서도 한의원에서도 더 나을 가능성이 없다는 이야기를 듣고 결단을 내리신 것 같았습니다.

어머니가 생명이 다하게 된 것을 그대로 받아들이신 것은 대단한 절제와 용기라는 생각이 듭니다. 당신의 삶을 연장하기 위해 아무런 도움도 바라지 않으셨기 때문입니다. 어머니는 돌아가실 때 자녀들에게 천당에 가도록 기도를 부탁하거나, 당신이 돌아가시고 나서 남은 식구들이 어떻게 하면 될지 전혀 걱정하지 않으셨습니다. 자녀들에게 아무런 부담을 주지 않기 위해 철저하게 자신이 맡은 일을 충실하게 하길 당부하셨고, 당신에 대한 애착을 다 내려놓게 하고 떠나셨습니다.

저는 어머니가 진정으로 자녀들을 하느님의 마음으로 사랑해 주셨다고 느꼈습니다. 자녀가 많다 보니 다른 형제들이 기일을 챙기긴 하지만, 돌아가신 기일에 성묘를 가지 않아도 마음으로 불편함을 느끼지 않게 해 주셨습니다. 어머니는 당신을 위해 걱정하지 않도록 마지막까지 자녀들을 사랑으로 보살펴 주시고 떠나신 것입니다.

자녀를 위한
세 개의 기도문

이 책을 읽으시는 분 중엔, 실제로 자녀를 키우시는 분들이 있을 거라고 생각합니다. 피정의 집을 운영하며 가정 안에서의 상처로 마음과 영혼, 육신이 지친 이들을 맞으며 함께 기도해왔습니다. 길지 않은 시간이었지만 마음을 나누고 대화하고 기도함으로 그 마음이 치유되는 것을 볼 때 수도자로서 크게 기쁘고, 감사했습니다.

사랑했던 어머니에 대한 기억을 떠올리고 정리하면서, 제가 어머니로부터 배운 사랑과 격려를 전하고 싶었습니다.

그 마음으로 작성한 이 세 개의 기도문이 독자분의 자녀가 누구보다 행복하고 기쁨이 넘치는 자녀가 되는 데 보탬이 되길 바랍니다.

---- **실의에 빠진 자녀를 일으키는 어머니의 기도**

온 세상 아이들을 사랑으로 안아주시는 주 예수님!

우리 아이들이 두려움과 어둠 속에서 헤맬 때

당신의 크신 사랑을 느낄 수 있게 손잡아 주시고

당신의 온유하고 겸손한 마음을 아이들에게

주시어 이 세상에서 당신의 자녀로서 당당하게

살게 하시고 사랑이 넘치는 행복을 누리게 하소서!

---- **선한 영향력을 끼치는 아이를 만드는 기도**

어린이를 극진히 사랑하시는 예수님, 우리 아이가

하느님의 아름답고 귀한 자녀임을 깨닫게 해 주소서!

또한 하느님의 크신 자비와 사랑을 알게 하시어

예수님만이 주시는 평화와 기쁨으로 살게 하소서!

---- 험한 세상에서 용감하게 헤쳐나갈 아이를 위한 기도

우리를 사랑으로 인도하시는 주 예수님, 저마다 다른 환경에서

다양한 아픔들을 겪고 있는 세상의 모든 아이가

하느님이 자기를 얼마나 사랑하시는지 느끼게 해 주시고

온갖 어려움을 마주할 때마다 기도함으로

하느님께 모든 것을 다 말씀드리게 하소서!

그리하여 하느님께서 주시는 용기와 힘으로 세상의

어려움을 이겨내고 마침내 영원한 생명의 기쁨을 누리게 하소서.

이제 어머니는 하느님 나라에서 하느님과 천사들과 함께 평안을 누리고 계실 것입니다.

저는 어머니가 많은 난관을 신앙으로 극복하고 죽음까지도 받아들이면서 이 세상을 떠나시는 것을 보면서, 살아가면서 우리가 그렇게 찾고 가지려고 하는 권세와 권력, 부귀영화나 명예는 다 이 세상에 남겨두고 우리의 영혼만이 하느님께 갈 수 있다는 것을 느끼게 되었습니다. 어머니는 주님의 진리와 평화를 갈망하는 이들에게 모범이 되어 주셨으며 성령 안에서 새로운 영적인 삶을 살도록 이끌어 주셨습니다. 어둠 속에서 길을 밝혀 주시고, 기쁨과 사랑의 삶을 살도록 인도해 주셨습니다.

어머니는 돌아가신 후에도 당신을 위해 기도를 부탁하지 않으셨습니다. 자녀들에게 어떠한 요구도 하지 않으셨고 오히려 자녀들을 축복해 주고 떠나셨습니다.

돌아가실 때 자녀에게 비록 세상의 재물은 한 푼도 남기지 않으셨지만, 영적인 재물을 충만하게 남겨 주셨기에 저와 형제들은 하느님의 말씀과 사랑을 이해하고 삶을 어떻게 살아야 하는지를 깨우치게 되었습니다.

어머니로부터 받은 사랑과 그 삶으로 배운 신앙이 이 책을 읽는 어머니들에게 격려가 되고 귀감이 되기를… 무엇보다 사랑하는 어머님을 천국에 보내신 분들께는 세상이 줄 수 없는 위로가 되길 바라며, 모든 독자에게 감사를 전합니다.

다시 만나요, 엄마

초판 1쇄 발행 2020년 5월 25일
5쇄 발행 2024년 8월 15일

지은이 권민자
펴낸이 오세인 ┃ 펴낸곳 세종서적(주)

주간 정소연 ┃ 편집 황한나 최정미
디자인 Heeya ┃ 일러스트 남하임
마케팅 조소영, 유인철 ┃ 경영지원 홍성우
인쇄 천광인쇄 ┃ 종이 화인페이퍼

출판등록 1992년 3월 4일 제4-172호
주소 서울시 광진구 천호대로132길 15, 세종 SMS 빌딩 3층
전화 (02)775-7011 ┃ 팩스 (02)776-4013
홈페이지 www.sejongbooks.co.kr ┃ 네이버 포스트 post.naver.com/sejongbook
페이스북 www.facebook.com/sejongbooks ┃ 원고 모집 sejong.edit@gmail.com

ISBN 978-89-8407-790-4 (03810)